귀환병사

FANTASTIC ORIENTAL HEROES

요람

新무협 판타지 소설

귀환병사 17

요람 新무협 판타지 소설

초판 1쇄 찍은 날 § 2014년 11월 25일
초판 1쇄 펴낸 날 § 2014년 12월 2일

지은이 § 요람
펴낸이 § 서경석

편집부장 § 권태완
편집책임 § 한준만

펴낸곳 § 도서출판 청어람
등록번호 § 제387-1999-000006호
등록일자 § 1999. 5. 31
어람번호 § 제2-2556호

주소 § 경기도 부천시 원미구 부일로 483번길 40 서경B/D 3F (우) 420-822
전화 § 032-656-4452 팩스 § 032-656-4453
http://www.chungeoram.com
E-mail § chungeorambook@daum.net

ISBN 979-11-04-90004-4 04810
ISBN 978-89-251-3414-7 (세트)

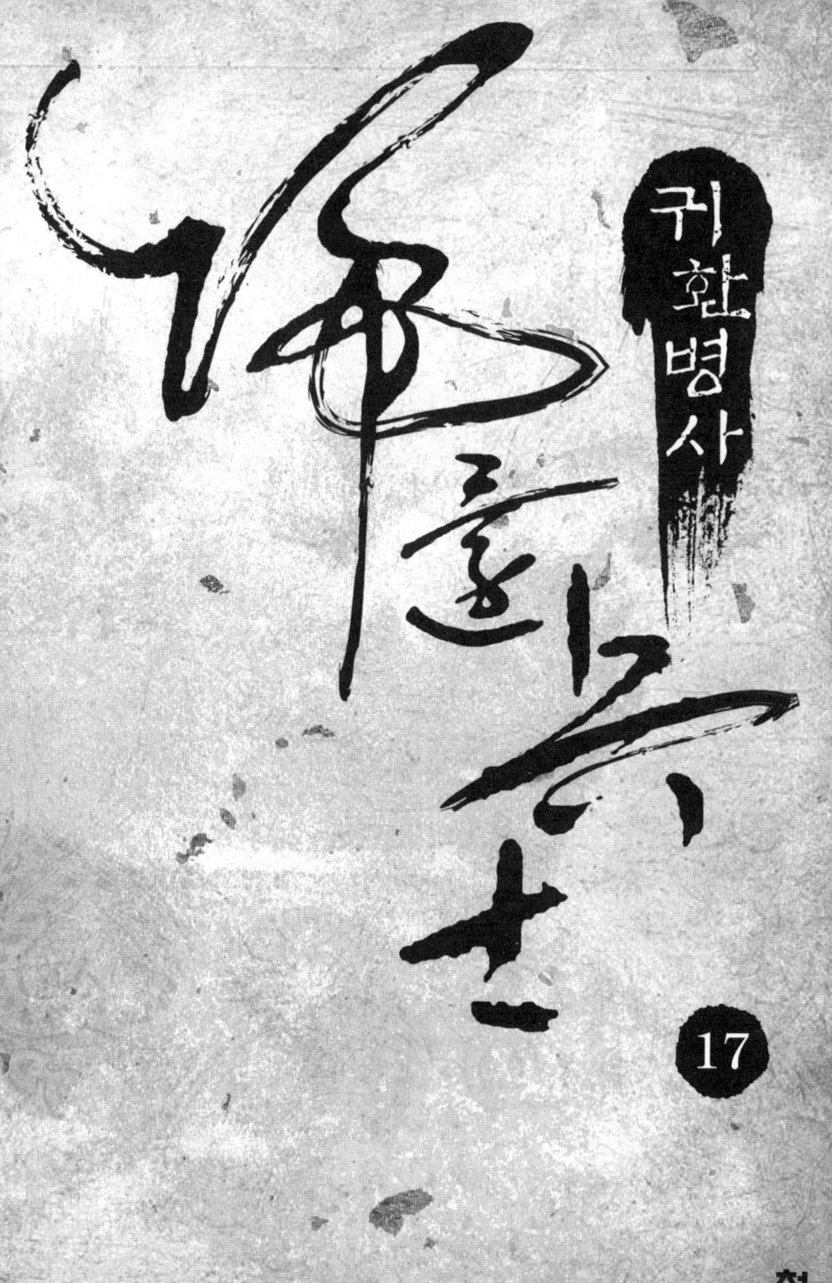

도서출판 청어람

第百五十三章 불가피(不可避)

무린의 전신에서 거침없이 퍼져 나간 기파가 순식간에 주변 공간을 장악했다. 압도란 무언인가를 보여주는 기파.

인외로 넘어간 무인이 작정하고 내뿜는 기파는 아예 격이 달랐다. 소란스럽던 주위가 순식간에 조용해졌다.

강제적인 침묵이었다.

때로는 파도처럼, 때로는 구름처럼 넘실거리며 비천대의 진형을 압박해 오던 기파는 무린의 기파에 산산이 분해당했다. 완전히 찍어 눌러 갈가리 찢어버렸다.

그건 내력에서 완전히 밀렸다는 것이고, 내력의 부상으로도 이어질 수 있는 일이었다. 검왕과 무제의 기싸움에 죽어나가는 건 당연히 주변 무인들이었다.

특히 비천무제를 보러 왔던 남궁세가의 일반무인들은 현재의 기파 싸움에 정신을 못 차릴 정도였다.

비천대야 워낙에 강골에 강심장이다 보니 끄덕도 없었다.

"대주."

"기다려라."

장팔의 물음에 무린은 대기하라는 명령을 내렸다. 기파는 거의 다 왔다. 저 뒤에 인의 장막을 걷어내면서 다가오고 있었고, 아마 촌각도 되지 않아 나타날 거라 예상됐다. 저렇게 대놓고 뿌리는데 거리야 당연히 감지하고 있었다.

무린에게 대놓고 느끼라 뿜어내던 기파가 꺼졌다. 그에 무린도 비천신기의 운용을 멈췄다. 숨통을 조이던 기파가 사라지자 여기저기서 안도의 한숨이 흘러나왔다.

주변을 둘러싸고 있던 인의 장막이 걷히고 남궁현성이 나타났다.

뒤로 창천대검과 철대검을, 옆으로 소가주 중천을 대동하고 그들을 철검대, 창천대가 따르고 있었다.

"……."

"……."

침묵이 감돌았다.

남궁현성의 눈은 무린의 전신을 샅샅이 훑고 있었다. 기분 나쁜 눈초리였다. 그도 알고 있을 것이다.

무례라는 것을.

하지만 그럼에도 남궁현성은 무린을 살피는 걸 멈추지 않았다. 무린은 그걸 그냥 내버려 뒀다. 봐봤자… 어차피 자신의 경지를 알아내는 건 무리라는 것을 알기 때문이다. 벽 너머와 벽 안의 차이는 그만큼 크다.

즉, 남궁현성은 무린의 경지를 파악할 수 없다.

하지만 반대로 무린은 가능하다.

속속들이 느껴졌다.

남궁현성, 현 강호의 검왕이라 불리는 자의 무위가.

'백면보다 반 수. 높아야 한 수 정도 윗줄.'

그게 지금 남궁현성의 무력이다.

강했다.

확실히 검왕이라 불릴 만큼 강력한 무력을 갖추고 있었다. 백면도 마찬가지로 강했다. 두 사람의 차이는 호흡 한 번 잘못 쓰면 승패가 갈리는 차이다.

물론 남궁세가의 무공은 특별하다. 천하제일가의 자리를 괜히 수백 년간 유지해 온 게 아니었다. 하지만 그건 백면도 마찬가지다. 백면검대의 대주인 그는 유구한 세월 동안 존재해 온 배화교의 진산절학을 배웠다. 무공의 특별성에 있어서 어느 쪽도 우위를 점하지 못했고 결국은 실전감각, 임기응변, 그리고 내력의 차이로 승부가 갈릴 것이다.

주변 상황도 큰 영향을 미칠 것이다.

남궁현성의 살짝 예를 취하며 말했다.

"도움을 주어 고맙소."

"……."

무린은 대답 대신 마주 예를 취했다. 수많은 이목에 휩싸여 있는 지금, 저걸 무시할 수가 없었기 때문이다. 물론 그건 걸 따지는 무린은 아니지만, 자신의 그런 행동이 스승님의 얼굴에 먹칠할 수 있다는 생각이 들었기에 가볍게 그냥 침묵으로 예를 받은 것이다.

"대화하기에 적절치 못하구려. 자리를 옮겨서 했으면 하오만."

"그렇게 하시오."

"……."

무린의 대답에 남궁현성은 잠시간 침묵했다.

꿈틀, 그의 미간이 아주 찰나지간에 꿈틀거렸다. 하지만 무린은 그걸 정확히 파악했다. 피식. 파악하고 나자 역시 웃음이 나왔다. 비웃음이다.

'기분 나쁜가……?'

사실, 생각 같아서는 뒤집어 버리고 싶은 마음이다. 저 얼굴을 아주 갈기갈기 찢어버리고 싶은 욕구가 솟구쳤다. 그러나 무린은 그걸 강제로 찍어 눌렀다. 그렇게 해서 좋을 게 하나도 없다는 걸 잘 알기 때문이다.

"이쪽으로."

이미 남궁현성은 등을 돌렸고 남궁철성이 무린을 안내했다. 그를 보던 무린의 눈에 이채가 떠올랐다.

아니, 이채보다는 놀람이다.

남궁철성에게서 다른 기도가 느껴진 탓이다. 아니, 다른 게 아니다. 그전에는 모를 수밖에 없던 것이다.

씨익.

무린의 얼굴에 깃든 놀람의 이유가 무엇인지 깨달았는지 남궁철성이 기분 좋은 미소를 지어보였다. 그에 무린은 고개를 끄덕였다. 직후 무린이 움직이자 모두의 시선이 그의 등 뒤를 따랐다.

그들은 신기했을 것이다.

비천무제.

아직 완전히 자리 잡지 않은 그 별호의 주인공이 소요진 전체를 잡아먹은 무시무시한 살기 섞인 기파의 주인이기 때문이다. 그러니 얼굴이라도 보자고 몰려들은 것이다. 남궁현성이 찾아간 막사는 바로 근처였다.

"저 현성입니다."

막사 바로 앞에서 막사 안의 사람에게 자신의 존재를 알린다.

대답은 바로 들려왔다.

"웬일이냐, 이놈아."

"드릴 말씀이 있어 찾아왔습니다."

"허, 그놈 참… 들어오너라."

"……."

막사 주인, 남궁무원의 허락에 남궁현성이 무린을 보며 미약한 턱짓으로 신호를 보냈다. 이리로 들어오라는 신호였다. 사람 신경 거슬리게 하는 행동이라 안 하는 게 오히려 좋지만, 그 행동은 분명 의미를 담은 행동이었다. 무린이 그 행동에 입가에 미약한 조소를 지었으니 말이다.

자극이다.

무린의 심기를 건드리기 위한 행동이었다.

'확실히 머리는 잘 돌아가는군.'

여기서 저 행동에 넘어가 분노를 쏟아내 봐야 얻는 건 아무것도 없다. 무린은 그걸 제대로 알고 있기에 그저 고개만 끄덕여 대답했다.

안으로 들어가자 남궁무원이 가만히 앉아 있었다.

"……."

가벼운 예.

남궁현성이 말없이 가만히 예를 취하자 남궁무원 역시 가볍게 말한다.

"앉거라."

"예."

남궁현성이 자리에 앉자 남궁철성과 남궁유성이 그 뒤에 섰다. 안으로 들어온 무린도 말없이 남궁현성의 반대쪽에 앉았다. 물론 백면과 장팔, 제종과 마예가 그 뒤에 호위하듯이 섰다. 그게 남궁무원의 심기를 자극해 버렸다. 같은 편끼리 보이지 않는 신경전을 하니 그의 입장에서 달가울 리가 없었다.

"쯔, 둘 빼고 다 나가라."

"……."

"……"

남궁무원의 말에 무린은 네 사람에게 손짓을 했다. 나가서 기다리라는 뜻이었다. 비천대의 조장들은 무린의 명령에 두말없이 바로 빠졌다. 비천조장들이 나가자 남궁철성과 남궁유성도 바로 뒤따라 나왔다.

"왜 왔느냐."

다 나가고 나자 대뜸 남궁무원이 남궁현성에 물었다.

"마땅한 자리가 없어 왔습니다."

"마땅한 자리? 웃기지마라, 이놈아."

남궁현성의 말에 그는 코웃음을 쳤다. 마땅한 자리가 없다니, 정말 말도 안 되는 소리다. 남궁현성의 말 한마디만 떨어지면 자리는 순식간에 만들어질 것이다. 그러니 그의 말은 전혀 말이 안 되는 소리였다.

"속내가 시꺼먼 놈이구나. 어쩌다 남궁세가에서 너 같은 놈이 나왔는지 모르겠구나."

"하하, 자리가 사람을 그렇게 만드는데 어찌할 도리가 없었습니다."

남궁무원의 말에 그는 흔들리지 않았다.

오히려 웃는 여유까지 보였다.

하지만 무린은 그 웃음에서 남궁유성이 굳이 남궁현성이 있는 이곳을 대화 장소로 정한 이유를 눈치챘다.

피식.

웃음이 나왔다.

'감당할 자신이 없다는 걸 인정했군. 머리는 역시 비상해…….'

무린의 무력을 봉쇄하기 위해서였다.

제아무리 무린이라도 남궁무원 앞에서 대놓고 그 무력을 쓸 수 없다는 계산인 것이다. 물론 그건 무린이 무서워서가 아니었다. 다른 곳에서는 분명 격렬한 논쟁이 벌어질 것이고, 서로 칼을 빼들지도 몰랐다.

그건 숨길 수가 없다.

창천대나 철검대도 동원해야 한다. 하지만 그렇게 되면 역시 왜? 자신들을 도와준 비천대에게 왜 검을 겨눠야 하지? 이렇게 의문을 품게 될 무인들에게 마땅한 설명을 해줘야 하는데, 이 마땅한 설명거리가 없었다.

뭐라 할 것인가?

비천무제가 다짜고짜 창을 내질렀다! 이렇게 할까? 아무도 믿지 않을 것이다. 그리고 비천무제의 영향력을 생각하면 그래서도 안 됐다.

비천무제는… 문야의 제자이니까.

출신이 비루한 무인이 아니라 출신도 대단한 무인이라 천하제일가의 힘으로도 찍어 누를 수가 없었다.

그러니 그런 일들을 애초에 원천적으로 봉쇄하고 싶었을 터. 가장 마땅한 곳이 바로 남궁무원의 곁이라 남궁현성은 판단한 것이다.

'과연…….'

한 세가를 이끌어가는 자다웠다.

교묘한 전략이라 봐도 좋다.

확실히 그가 생각한 대로 무린은 남궁무원의 앞에서 살기로, 힘으로 이들을 찍어 누를 수 없었으니까.

무린은 은과 원이 명확하다.

남궁세가에게는 원을 받았고 중천과 남궁무원에게는 은을 받았다.

스윽.

아직도 몸 전체에 맴돌던 기세를 무린은 아예 죽였다. 남궁현성이 어떻게 나올지 보고 판단할 생각이었다.

"후우… 어쩌다가 이리 되었누……."

남궁무원도 눈치챘나 보다.

남궁현성을 보면서 고개를 절레절레 저었다. 한탄이다. 그리고 체념이다. 자신이 나서서 이 둘의 사이를 도저히 회복시킬 수 없다는 것을 그도 느꼈나 보다.

사실, 애초에 불가능한 일이었다.

어머니를 납치해 간 남궁세가를 무린은 결코 용서할 생각이 없었으니까.

"일단 전투에 대한 치하는 해야겠지. 고마웠다. 아주 많은 힘이 되었어."

"……."

"……."

두 사람을 일시에 침묵시키는 말이었다.

이게 지금… 무슨 개소린지 모르겠는 무린이었다. 하지만 냉정함은 유지했다.

치하?

치하(致賀)는 공을 세운 이를 칭찬하는 것을 말한다. 윗사람이 아랫사람에게 말이다. 그러니 지금 이 말은 곧 자신이 윗사람이고, 무린이 아랫사람이라는 것을 뜻하고 있었다. 미친 소리다.

그리고 무린은 그 말에 더 냉정해졌다.

'심리전이군.'

남궁무원을 옆에 두어 무린의 무력을 묶어 두고, 심리전을 걸어 무린을 흥분시킨다. 그렇게 해서 그가 얻는 건?

'명분이 필요한가?'

그래, 명분이다.

지금 현 상황에서 남궁세가는 비천무제에게 명분에서 무한대로 밀린다. 무린이 자신의 출신을 밝히는 순간 천륜을 끊은 것에 대한 온갖 비판이 남궁세가를 향할 것이다. 그건 기정사실이다.

그러니 지금 그는 그걸 상쇄할 명분이 필요했다.

'이 상황에서도 거기까지 생각한 건가?'

그는 무인이다.

책사가 아니다.

그래서 전쟁에 대한 앞을 볼지는 몰라도, 그 자신이 지켜야 할 가문에 대한 앞을 볼 줄은 아는 것 같았다.

역시 각성을 하고나니 사고의 영역이 확실히 넓어졌다. 예전이었으면 곧바로 반응했을 심리전이다.

그러나 지금은 아니었다.

피식.

스윽.

비웃음을 흘린 뒤 팔짱을 끼고 등을 뒤로 젖혔다. 그 후 상대를 완전히 내리 깔아보기 시작했다.

그 상태로 무린의 입이 열린다.

“남궁세가의 가주가 이리 예의가 없었나? 이상한 일이군.”

상대인 남궁현성을 직시하며 나온 말이 아니니 혼잣말이다. 말투도 그렇고, 말뜻도 혼잣말에 가까웠다. 하지만 누가 봐도 상대가 들으라고 내뱉은 말이다. 남궁현성의 입가에 슬며시 맺혀있던 미소가 순식간에 사라졌다.

그러나 경직되지는 않았다.

딱 미소만 사라졌다.

그 와중에도 표정 관리에 들어간 것이다.

남궁무원이 딱딱하게 굳은 얼굴로 입을 열었다. 슬금슬금 기세도 피어나고 있었다.

“현성아.”

“예, 어르신.”

“한 번만 더 그런 소리를 했다간… 정말 좌시하지 않을 것이다. 천하제일가의 가주이면 가주다운 모습을 보여라.”

"죄송합니다. 어르신."

자신이 좀 전에 한 말을 꾸짖음에 남궁현성은 바로 인정하고 들어왔다. 그도 느낀 것이다. 심리전은 먹히지 않다는 것을. 도박수로 넣었지만 피해는 자신 혼자 봤다. 남궁현성은 손해 보는 장사를 한 것이다.

정말 지극히 정치적인 인물이었다.

무력도 무력이지만 정치적인 심계가 상당히 깊었다.

'이런 자가 상대하기 어렵다고 하셨지.'

어머니도 그랬고 스승님도 그랬다.

이런 자가 가장 상대하기 힘든 부류라고. 속이 시꺼멓고 무슨 생각을 하는지 모르는 사람. 웃는 낯으로 서슴없이 상대의 목줄을 물어뜯을 자라고.

무린은 일단 기다렸다.

보자고 한 건 자신이 아니고.

먼저 찾아온 것도 자신이 아니라는 것을 상기했다.

그 두 가지다 남궁현성이 먼저 움직였다.

그건 곧 그가 원하는 것이 있다는 소리였고, 그것이 명분이라는 것도 안다. 그 명분을 얻기 위해 자신을 흥분시켜 공개적인 실수를 하도록 유도하는 거란 것도 안다. 하지만 설마 그게 전부는 아닐 거라 생각이 드는 무린이었다.

'기다린다.'

무린은 여유가 있었다.

무혜가 있었으면 싶었지만 아쉽게도 무혜는 휴식을 더 취해야 할 때였다. 극도의 심리적 피로는 오직 쉬는 것밖에 답이 없었다. 지금 여기에 데려와서 다시 심력을 소모시킬 만큼 무린은 생각이 짧지 않았다.

잠시간 침묵이 돌았다.

남궁현성은 가만히 눈을 감았다.

그 후 미동도 없다.

하지만 머릿속은 아주 팽팽하게 회전하고 있을 것이다. 무슨 수를 만들어내야 하기 때문이다.

남궁무원도 마지막 말을 끝으로 더 이상 말을 꺼내지 않았다. 하나 그도 무슨 생각은 하고 있을 것이다.

무린도 생각 중이다.

'어떤 수를 들고 나올까.'

압박?

먹히지 않는다.

예전이라면 몰라도 지금은 턱도 없었다. 압박하려다가 되려 반대로 찌부러지지 않으면 다행이다.

먹이?

달콤한 과실을 제시한다?

아마 그 달콤한 과실을 찾지 못할 것이다. 무린에게 남궁세가에서 제시할 수 있는 가장 달콤한 과실은 어머니밖에 없다.

하지만 절대로 남궁현성은 어머니를 돌려주지 않을 것이다. 애증과 수없이 많은 감정이 뭉쳐 변질된 남궁현성.

그가 어머니를 순순히 무린에게 보내주는 경우는… 그가 죽어도 불가능할 것이다.

사아아악.

'음?'

밖에서부터 무시 못 할 기세가 느껴졌다. 이번에도 남궁현성처럼 대놓고 뿌리며 다가오고 있었다. 정확히 이쪽으로 다가온다. 남궁현성의 기파와 비슷하나 역시 조금 다르다. 좀 더 완숙하고 부드러운 느낌이었다.

"기태 형님이구나."

"음?"

남궁무원의 말에 무린이 반응하자 그는 웃으며 그가 누군지 설명해 줬다.

"장로전주님이시다."

"……."

대답 대신, 고개만 끄덕이는 무린.

그렇게 말한다 한들 어차피 누구인지도 모르고 알고 싶지도 않았다. 알 필요도 없었다.

어느새 기파가 막사 바로 앞에서 느껴졌다.

"들어가마."

"그러시오, 형님."

스윽.

막사가 걷히고 안으로 들어오는 노년의 무인. 체형은 말랐지만 강직한 느낌이다. 첫 인상은 그랬다.

턱.

삼각형을 사각으로 만드는 위치에 앉은 그가 빤히 무린을 바라봤다. 전체적으로 무린을 훑는다.

그 같은 시선은 당연히 무린의 감각에 잡혔다. 그러나 무린은 고개도 돌리지 않았다. 돌릴 필요성을 느끼지 못한 것이다.

한참을 살펴보더니.

"하아……."

이윽고 탄성이 터졌다.

"아무것도 안 보이는구나. 어느 것도 느껴지지 않는구나. 이 나이에 이런 경지라니… 그저 놀랍다."

목소리는 날카롭고 힘이 있었다.

남궁무원보다도 연배가 있는데도 아직 정정함이 한가득 풍겨나는 목소리였다. 그가 다시 조금 흥분한 목소리로 입을 열었다.

무린에 대한, 그리고 어머니 호연화에 대한 칭찬이었다.

"연화 아들이라고 해서 기대하고 왔더니 과연이로다. 연화의 피가 제대로 이어졌어."

"……."

무린은 잠시 어찌해야 하나 고민하다가 살짝 고개를 예를 취했다.

"감사합니다."

"흐허허허! 감사할 게 뭐가 있겠나. 남궁기태다."

"진무린입니다."

"그래, 진무린이라… 진가란 말이지……."

무린의 인사에 무언가 마음에 들지 않는지 얼굴을 잔뜩 찌푸린다. 분명 남궁의 피를 잇고도, 남궁무린이라 하지 않고 진무린이라 말했기 때문일 것이다.

"과거는 알고 있느냐."

"예."

"그런데도 진가라 소개한단 말이지……."

"진씨 성의 아비를 두었으니 당연한 일입니다."

"……."

무린의 나직한 말에는 힘이 들어 있었고, 기세가 담겨 있었다. 과거를 아느냐고 물은 것은 제 자신이 색마의 아들이라는 것을 알고 있느냐는 질문이었을 것이고, 무린은 그렇다고 대답했다.

살살 기분이 언짢아지기 시작했다.

"참으로 엉망진창이구나. 어쩌다가 남궁가가 이리 되었는지… 무원아, 우린 아마 그때 바로잡았어야 했나보다."

"그러게 말입니다."

"알아서 하겠지. 하고 넘어간 게 이렇게 역린이 되어 돌아왔어. 거두절미하고 물어보마."

마지막 말은 무린을 향해서였다.

"어떻게 할 생각이냐. 이제 천하를 오시할 힘도 얻었겠다, 무너트릴 작정이냐?"

무린의 입이 즉각 열렸다.

"필요하다면 그리할 생각입니다."

"천하제일가다. 너도 무사하지 못할 것이다."

맞는 말이다.

천하제일가다.

유구한 세월 동안 힘을 축적해 왔다.

부자는 망해도 삼 년은 간다고 한다. 천하제일가는 단순히 부자라고 할 수 없다. 단순히 망하게 만드는 것도 힘들다. 아예 기둥뿌리까지 철저하게 잡아 뽑고, 주춧돌 하나 남기지 말고 갈아버려야 한다.

그것도 천하 각지에 널린 남궁세가의 속가까지 전부 박살 내야 한다. 안 그러면 그곳에서 다시 남궁세가가 태동할 것이다.

몇 년이나 걸릴까?

아니, 그 이전에 가능이나 할까?

제아무리 무린이라도 어쩌면 그건 힘들지 않을까?

"저 하나만 있으면 충분합니다. 아실 겁니다. 명분은 제게 있다는 것을."

"……."

"누구의 고집이 만든 일입니다. 그리고 저는 이제… 그 고집을 정리할 생각입니다."

누구의 고집.

그 대상은 명확했다. 시선까지 전부 향해 있으니.

"나를 죽여야 할 것이다."

시선을 받은 남궁현성이 내뱉은 말.

그건 목숨을 걸고서라도 막겠다는 뜻이었다.

하지만 그런다고 무린이 물러날 인간도 아니었다.

"못 할 것도 없지."

"뭐라?"

"필요하다면… 죽여주마."

"……."

진심이 가득 섞인 무린의 말에, 남궁현성은 입을 다물고 눈을 꽉 찢었다. 놀란 게 아니라 극히 불쾌하다는 표정.

이 정도로 동요할 사람이 아니었다. 무린은 안다. 저 표정도 심리전을 위한 표정임을.

본래의 남궁현성은 좀 더 냉정하고 무거운 인물이다. 극히 감정 표현을 절제하는 인물이기도 하다.

그야말로 무슨 생각을 하는지 알 수 없는 인물.

그게 천하제일가의 가주다.

하지만 지금은 표정이 보인다.

'반응해라.'

진심이지만, 무린도 심리전을 위해 내뱉은 말이다. 자신을 먼저 자극한 건 어차피 남궁현성이다.

그러니 자신도 못할 게 없다는 생각에서 나온 말이었다. 이런 부분에서는 무혜나 무린이나 비슷했다.

강력하게 압박하는 것.

감정을 숨기지 않으며 심리전을 거는 것.

"과하구나."

대답은 남궁기태였다.

그러나 무린은 시선을 돌리지 않았다.

그리고 천천히 기세를 끓어 올렸다.

이왕 시작했다.

'좀 더 자극한다.'

비천신기가 각각의 구역에서 돌기 시작하면서 무린에게 무한한 힘을 선사하기 시작했다. 그건 곧 기도의 변화다.

범인에 가깝던 무린의 기세가 순식간에 일변한다. 일변한 기세가 천천히 공간을 장악해 갔다. 여기서 무린이 정말 대단한 건, 두 사람에게는 일절 영향을 끼치지 않게 조절했다는 것이었다.

남궁기태와 남궁무원. 둘은 느낄 수는 있어도 영향은 받지 않고 있었다. 영향은 남궁현성 오직 혼자 받고 있었다.

하지만 그렇게 강하게 피어 올리지 않았다.

'시끄러워지는 건 저자가 원하는 바일 테니까.'

무린이 기세를 피우고 있다. 딱 그 정도만 느낄 수 있을 정도다. 하지만 그럼에도 이미 막사 안은 장악했다.

여기서 남궁현성이 기세를 피울 거라면 무린이 장악한 공간을 찢고 장악해 가야 한다. 다시금 내력의 대결이 시작되는 것이다.

"어때, 먹어치울 수 있겠나?"

무린의 도발이 계속된다.

자신이 장악한 영역을 먹어치울 수 있겠냐는 무린의 말은 남궁현성, 검왕의 본능을 자극하는 말이었다.

불쾌감 가득하던 그의 얼굴에서 표정이 사라졌다.

돌아간 것이다.

무인 남궁현성으로.

"진정 해보자는 건가?"

온도가 뚝 떨어진 목소리.

완전히 돌아왔다.

그때 대전에서 마주했던 남궁현성이다.

무린의 입가에 시린 미소가 서서히 걸렸다. 새파랗게 눈동자가 빛난다. 두 사람은 안중에도 없어졌다.

무린도 자극받아 버렸다.

천하제일가, 남궁현성을 향한 무한한 분노가 솟구쳤다.

"못할 것도 없다고 했을 텐데. 필요하다면 죽인다. 지금 이 자리에서도. 네가 한 일을 나는 아직 잊지 않고 있지. 명분을 사고 싶나? 어쩌나, 그 명분은… 내가 다 쥐고 있는데."

"……."

"창천대검은 보는 순간 죽이고 싶었다. 하지만 참았어. 왜인지 아나?"

무린의 목소리에 점차 살기가 담겼다.

기세가 일변하니 남궁무원도, 남궁기태도 감히 무린을 말릴 생각을 못했다. 끼어들기에 무린의 기세가 너무 삼엄했기 때문이다.

"내 첫 시작은 그의 목이다. 나는 은원은 잊지 않아. 나를 죽이려고 했던 창천대검의 목을 내 창이 자른다고 누가 뭐라 할까. 물론 어르신의 부탁은 들어준다. 막는 자만 상대한다. 이건 약속하지. 감사해라, 어르신께."

"진정 해보자는 거군. 그럼 나도 약속하마. 너와 관계된 모든 것들을 지워주마. 제갈세가? 못할 것도 없다. 내가 누구라고 생각하나. 내가 바로 천하제일가의 가주다. 내가 원한다면… 그리되될 것이다. 저력을 무시하지 마라."

피식.

무린의 입가에 조소가 깃들었다.

전쟁이라…….

지긋지긋하게 해왔던 일이다.

그리고 무린은 이제 완벽하게 깨달았다.

남궁세가와 피를 흘리지 않고 해결할 방법은 애초에 없었음을. 이자는 어머니를 보내줄 마음이 없었다.

조금도.

하지만 무린은 반드시 되모셔야 한다.

이 과정에서 충돌은 불가피했다.

이렇게 된 이상 무린은 도발성 발언을 멈췄다. 이제부터는 진심으로 얘기한다.

"어르신, 나서지 않겠다고 약조하셨습니다."

"음……."

무린의 말은 남궁무원을 향해 있었다.

남궁무원은 무린의 말에 바로 대답할 수가 없었다. 그러기로 이미 전에 대화에서 약조했었지만 지금 분위기가 너무 심상치 않았다. 자신의 권위로 멈추기에는 이미 늦어버린 상황이다.

이미 불이 붙었다.

진화에 나서야 하지만 어설픈 진화는 오히려 불씨를 남겨둔다. 그리고 그 불씨는 나중에 더욱더 큰 화마로 성장해 버릴지도 모른다.

그의 경험이 그리 말한다.

내버려 두자.

그리고 무린도 그렇고 남궁현성도 그렇고 그리 생각이 없는 이들이 아니었다. 진심이지만 그들은 절제를 아는 이들이다. 안 그랬으면 저만한 무력을 품에 쌓지 못했을 것이다.

남궁무원은 자신을 바라보고 있는 남궁기태에게 고개를 저었다. 그의 얼굴에는 노기가 있었지만 참고 있었다.

이건 당사자들의 문제다.

이 둘은 그 꼬이고 꼬여 있는 실타래의 주인들. 푸는 것도 이들 몫이다. 이미 그 옛날에 방관하던 순간부터 자격을 잃은 것이다.

자격을 얻으려면 어느 한쪽에 서야 한다.

하지만 어느 한쪽에 서는 순간 그건 굉장한 파장을 일으킬 것이다. 남궁세가의 상징이자 일인세가라 할 수 있는 남궁무원이니 말이다.

무린이 다시 묻는다.

"다시 한 번 약조해 주십시오. 나서시지 않으시겠다고."

"……."

두 번째 질문.

이 질문에도 남궁무원은 대답할 수 없었다.

나서면 무린과 싸워야 하고, 나서지 않자니 무린의 무력이 남궁세가를 쓸어버릴까 봐… 너무 걱정이 된다.

후우…….

결국 나오는 건 의미 없고 힘없는 한숨뿐이었다. 하지만 대답은 해야 했다. 엄연히 자신의 입으로 했던 말. 번복은… 있을 수 없다.

"그러마."

"감사합니다."

무린이 그 대답에 고개를 숙여 감사의 예를 보였다. 그 후 다시 남궁현성을 바라보는 무린. 눈빛에는 정말 알기 쉬운 감정이 담겨 있었다.

이제 어쩔 거냐.

현 남궁세가의 최고 무력은 일인군단이라 할 수 있는 남궁무원이다. 전대 검왕의 좌를 지냈던 무인.

그런 그가 나서지 않는다는 건, 남궁세가 전력의 몇 할이 빠지는 것과 같았다. 남궁현성의 눈빛은 미동이 없었다. 마치 상관없다는 표정이다. 있어도 그만, 없어도 그만이라고 생각하는 걸까?

그럴 리가 없었다.

지금 무린을 막을 수 있는 무인.

일대일로 무린을 상대할 수 있는 무인은 남궁세가에 남궁무원을 빼고 전무하다.

원로전이 있다지만 그곳의 인물들은 이미 한참 전에 강호를 떠난 이들이 전부다. 지금 이런 상황에서도 나서지 않는 원로전의 인물들. 그들은 세가 존속의 위기가 아니면 나서지 않을 것이다. 아니, 그때가 온다고 할지라도 나설지 의문이다.

이미 세수 백은 훌쩍 넘겨 초탈의 경지에 든 이들이었으니까.

그러니 남궁무원의 힘은 남궁세가에 반드시 필요한데도 남궁현성은 미동이 없었다. 무린은 그 이유가 뭔가 믿는 구석이 있을 거라 판단했다.

하지만 그 믿는 구석이 뭔지는 역시나 파악이 안 된다. 그러니 이 대화에서 무린이 얻은 게 하나도 없다. 아니, 하나 있었다.

불가피.

남궁세가의 전쟁은 불가피하다는 사실을 확실히 깨달았

다. 있다면 이것 하나 소득이었다. 무린은 자리에서 일어났다. 더 이상 있을 필요가 없었다. 어차피 저 속내를 뚫어 볼 재주는 없었다.

무혜라면 모를까, 자신은 불가능한 영역이다.

"다음은 남궁가 정문에서 보도록 하지."

"……."

무린의 말에 남궁현성은 여전히 침묵이다. 일체의 표정 변화도 없이 무린을 바라보고 있었다. 섬뜩한 얼굴이었다. 감정이 조금도 보이지 않으니 마치 귀신같았다. 범인이라면 저 얼굴을 보는 것만으로도 까무러쳤을 것이다.

그러나 그건 범인일 때의 얘기고 무린에게는 조금도 해당 사항이 없었다. 잠시 눈싸움을 하다가 걸음을 옮기는 무린.

막사 밖으로 나오니 십 장씩 간격을 두고 주변을, 서로를 경계하고 있는 남궁세가와 비천대가 보였다.

막사를 나온 무린을 확인하고 백면이 천천히 다가왔다.

"진 형."

"경계를 거둬라. 지금은 이럴 때가 아니니."

"알겠소."

슥.

백면이 손을 들자 경계를 푼 비천대가 바로 다시 대열을 맞췄다. 그런 비천대를 보며 무린은 입을 열었다.

"아직 전쟁은 끝나지 않았다. 괜한 힘 싸움은 그만하고 휴식을 취해둬라."

네!

짧고 굵직한 대답과 함께 비천대가 바로 흩어졌다. 무린의 명령은 비천대에게는 거의 절대적이었다.

비천대가 흩어지자 무린은 앞으로 나섰다.

"좀 걷지."

"그럽시다."

무린의 걸음에 백면이 나란히 맞춰 소요진의 어둠 속으로 사라졌다. 따라오는 사람은 없었다. 휘이잉.

무린이 말문을 연 건 완전히 어둠에 잠겨 들었을 때였다.

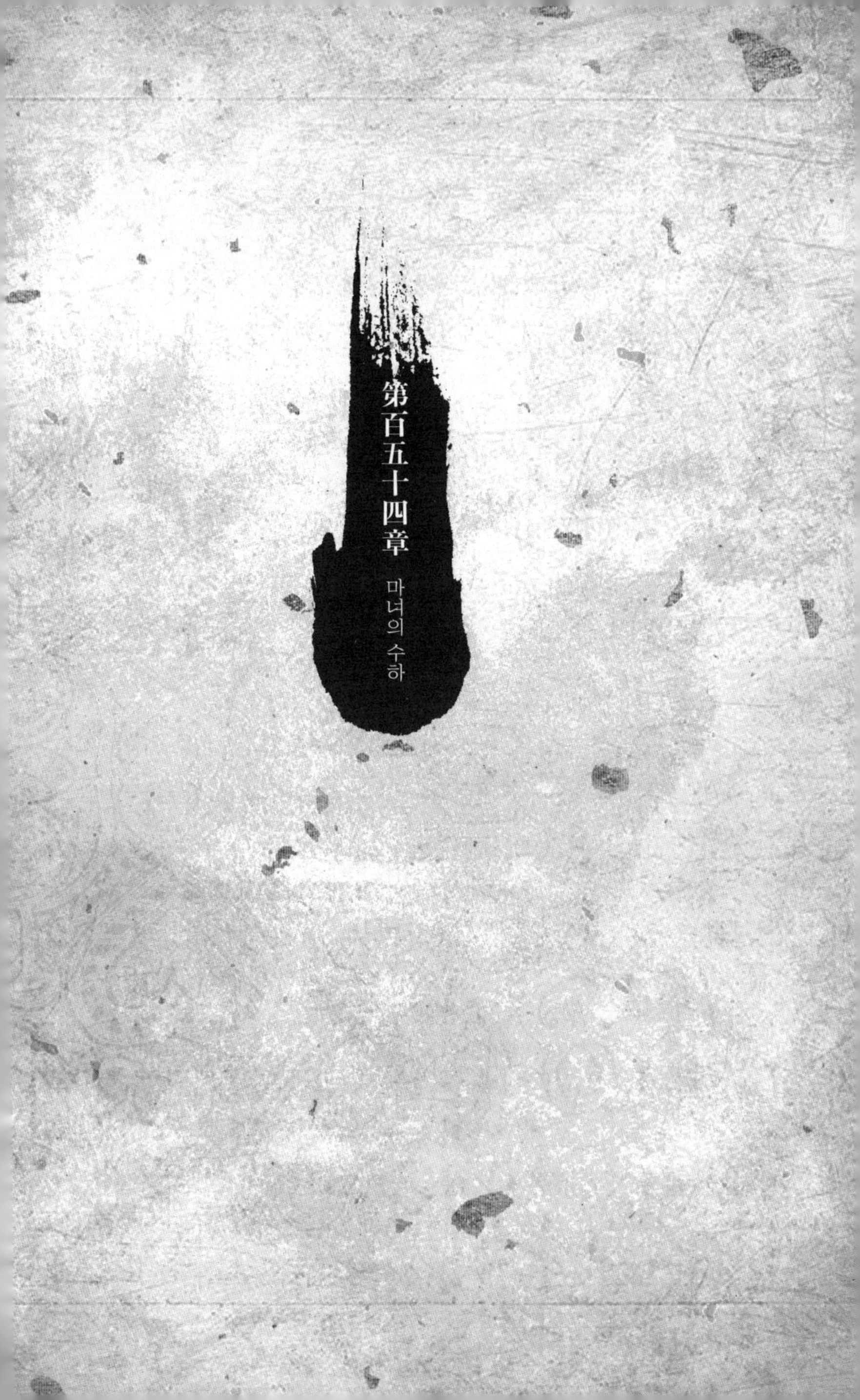

第百五十四章 마녀의 수하

“몇 이나 남았지?”

“이제 백하고 둘이오.”

“백하고 둘이라…….”

많이 죽었구나.

거의 삼백에 가깝던 이들이 이제는 반도 살아남지 못했다. 좀 전의 전투에서도 열이 넘는 비천대원이 전사했다. 대승이었지만 역시 피해가 생기는 건 막지 못했다. 처음 중천을 구하는 작전부터 지금까지, 단 한 번의 전쟁으로 생긴 결과였다. 처참한 실정이었다.

속이 쓰리다 못해 아렸고, 죽어간 비천대에게 너무나 미안했다. 하지만 이제는 미안해하지 않겠다고 다짐한 상태. 올라오는 감정을 무린은 꾹 억눌렀다. 하지만 입술이 질끈 깨물리는 건 역시 막지 못했다.

"이제 더 이상 피해를 입어서는 안 돼. 백면. 북방은… 나 혼자 갔다 오겠다."

"……."

"태산에 자리 잡은 마을로 가서 애들 삼륜공 단련에 힘써 줘야겠어."

"나도 말이오?"

"누군가는 남아야 해. 네가 제격이다."

"하하, 명령이오? 아니, 명령이라고 해도 거절하오."

"누구에게 따로 부탁할 사람이 없어."

"진 형."

백면이 걸음을 멈췄다.

무린도 멈춰 서서 백면을 바라봤다. 그의 눈동자에 가득 담긴 불만을 읽을 수 있었다. 대놓고 싫다는 기색이 가득하다.

"애초에 왜 혼자가려 하오?"

"지금 비천대의 경지가 낮기 때문이다. 조금씩 피해가 누적되고 있어. 일정 경지에 들기 전에는 차라리 움직이지 않는 게 나아."

"애들이 이해하겠소? 불만이 하늘을 찌를 거요. 그건 결속력을 흔들 것이고 더욱 좋지 않은 방향으로 흘러가게 될 수도 있소."

"하지만 지금은 어쩔 수 없어. 전력을 보전하고 더욱더 단련시켜야 돼."

관평마저 죽었다.

마녀의 수하도 아니고 구양가의 무인에게 말이다. 앞으로 상대하게 될 적은 더욱더 강하다. 그의 수하들도 마찬가지다.

심양에서 만났던 마녀.

그 옆의 금발의 색목인 무인. 그때는 경지도 느끼지 못했다. 하지만 지금은 어렴풋이 감이 잡힌다.

'최소 탈각의 무인.'

자신의 경지다.

남궁무원의 경지다.

말도 안 되는 무력을 갖춘 자였다. 그런데 문제는 그 하나라고 장담할 수가 없는 상황이라는 것에 있다.

과연 마녀의 주변에, 그 밑에 강자가 그 색목인 무인 하나일까? 소향은 말했다. 수없이 많은 수하가 전 중원에 숨어 있다고.

저잣거리에서 고기를 파는 백정이 어쩌면 상상도 못 할 고수일 수도 있다는 소리다. 그러니 마녀의 무리를 상대하려면 최소 지금의 배 이상으로 강해져야 했다. 정말 전 중원에 적수를 찾아볼 수 없을 정도의 강력한 군단이 되어야 했다. 일당십이 아닌, 일당기백의 무력을 갖추어도 가망이 있을까 말까한 것이 작금의 현실이다.

"그래도 안 되겠다. 비천대는 더 강해져야 한다. 최소한 지금의 두 배다. 일당기백은 되어줘야 해. 그래야 녀석들의 생존확률이 올라간다. 이제는 지금 이 싸움 말고 나중을 대비해야 한다. 하루가 부족한 상황이기도 하고, 백면."

"싫소. 노사님께 부탁해 보시오."

"당연히 한다. 하지만 너도 남아. 너는 최소한 내 경지까지 올라와야 해."

"……."

백면이 침묵했다.

자존심을 박박 긁는 무린의 말이었고 결국 박박 긁힌 자존심에 상처가 났다. 그 상처의 대가가 바로 침묵이었다. 백면의 몸이 아주 미약하게 진동했다.

"백면, 고깝게 생각하지 마라."

"후후, 그렇게 생각 안 하오. 자존심은 상하지만… 엄연한 사실이니 뭐 어쩌겠소. 후우, 이거 미치겠군."

백면은 무린의 말에 따르기 싫었다.

둘의 관계는 동료이지만 수하 관계이기도 했다. 부대를 이끌려면 어쩔 수 없이 지휘 체계가 확실해야 했고, 당연히 무린에게 집중했다. 애초에 모인 이유도 무린이었고 무린만 한 대주도 없다고 모두가 생각했다.

그래서 자연스럽게 백면은 동료이자 무린의 수하가 됐다. 자신이 무린의 말을 거부하는 순간 지휘 체계는 뭉개진다.

선례가 생기면 근간이 흔들린다고 본인이 말했으니… 아주 난감한 상황에 처했다. 무린이 진짜 명령을 내리면 따라야 하는 것이다.

무린의 말이 다시 이어졌다.

"너 하나가 가면 나머지도 가야 한다. 최소 비천대 조장들은 전부 간다고 나서겠지. 누군 남기고 누군 데리고 가고. 형평성에 어긋나. 그러니 전부 가든가 전부 남아야 하지만 나는 전부 가는 것엔 무조건 반대다. 명령이라고 했나? 내려주지, 명령."

"하아……."

백면이 한숨을 쉬었다.

이제 빼도 박도 못 하게 되어버렸다. 정말 무린이 명령이라도 내릴 기세라는 걸 느낀 탓이다. 백면의 입장에서는 아주 제대로 더러운 상황이었다.

그렇다고 이해하지 못하는 것도 아니었다. 꽉 막힌 성격이 아닌 백면이니, 무린이 무슨 말을 하는지 아주 제대로 이해했다.

그리고 그 말이 충분히 일리가 있다는 것도 알고 있었다. 하지만 사람은 가끔 이럴 때가 있다. 머리로는 이해를 해도, 가슴은 따르기 싫은 상황. 백면이 지금 딱 그런 상황이었다.

그런 백면에게 무린은 다시 말했다.

"천리안의 목만 따고 바로 돌아올 생각이다. 그러면 전쟁은 명군이 알아서 끝내겠지. 그 후 우리는 힘을 기른다. 어디에 떨어져도 혼자 돌아올 수 있는 힘을 비천대원 전체가 갖출 때까지."

"후우……."

그답지 않게 한숨을 두 번이나 쉬는 백면. 하지만 한숨을 안 쉬고는 어쩔 수가 없는 상황이었다.

결국 백면의 고개가 위아래로 힘없이 흔들렸다.

"알겠소."

"그래, 들어줄 줄 알았다."

"명령을 내리기 전에 듣는 게 보기 좋아 보여서 그냥 수락한 거요."

"하하, 아무렴 어떠냐."

툭툭.

무린이 백면의 어깨를 두드렸다.

정이 든 손짓이었고, 백면은 어깨를 툭 털어냈다.

"근데 정말 마녀를 만났소?"

"나는 의식이 없었으니 못 봤지. 하지만 전대 검왕 어르신께서 만났다고 했으니 참일 것이다."

"왜 왔는지 모르오?"

"구경 왔다고 하는데… 믿음은 안 간다."

"구경이라… 당연히 씨알도 안 먹히는 소리요."

마녀가 구경 왔다가 무린과 조우할 확률.

아무리 높게 쳐줘도 좁쌀만 할까 말까다.

"내게 무슨 짓을 한 것 같은데 알 수가 없어."

"진 형에게?"

"그래, 아무래도 내 탈각을 인위적으로 이끈 것 같다는 생각이 든다."

"진 형의 탈각을 이끌었다고?"

"가능성이다. 진짜인지 아닌지는 몰라. 당시 나는 의식이 없었으니 말이다. 하지만 여러 가지 생각해 본 결과 그럴 가능성이 농후해 보여."

"그렇게 생각하는 이유는 뭐요? 뭔가 있으니 진 형이 그런 생각을 하는 거 아니오."

"있지. 검왕 어르신이 그러셨다. 마녀가 떠나간 직후 내가 발작을 일으켰다고. 정심 소저의 의술은 하늘에 닿지 않았어도 땅을 아우를 정도는 된다고 했지. 그러니 그녀가 실수했을 리가 없어. 발작은 인위적이라는 소리다. 그러니 결국 마녀가 내게 뭔 짓을 했다고 생각할 수밖에."

"음……."

"발작 직후 어르신이 영약을 먹였다지만, 영약 따위로 탈각을 이룰 수는 없지."

"진 형의 생각이 맞아 보이오. 멀쩡하다가 갑자기 발작을 일으킬 리가 없지. 진 형 정도의 무위를 가진 무인이 말이오. 정심 소저의 실력도 확실했었고… 그렇다면 결국 마녀의 인위적인 개입. 하지만……."

왜?

왜 탈각을 도왔을까?

강제적으로 진행시켰을까?

"원하는 게 있겠지."

"원하는 것?"

무린은 담담했다.

이 또한 심증이지만, 무린의 뇌리에서는 거의 확정적인 사실이다.

"내력."

"……."

무린의 말에 백면의 눈동자가 커졌다.

동공이 확대되는 게 적나라하게 보였고, 무린은 그걸 보면서 담담하게 다시 말을 이었다.

"비천신기라고 이름 붙였다. 이제는 삼륜공과는 아예 다르니까. 나는 이렇게 생각한다. 필요하니 만들어줬고 필요하니 거두어간다."

"흡정……?"

"마녀다. 대체 언제부터 살아왔는지 감도 안 잡히는 존재야. 옛 고대에나 있었다는 흡정공을 알고 있다고 해도 전혀 이상할 게 없지."

"그렇긴 하지만……."

흡정공.

강호가 만든, 인간이 만든 최악의 공부다.

으뜸이라 칭해지는 불가해 공부 중 하나고, 그 불가해 중에서도 다시 으뜸이라 칭해진다. 악랄하고 윤리, 도덕을 무시한 공부다.

반드시 사라져야 할 공부였고 그래서 사라지게 만들었다. 강호의 모든 힘을 집중해 흡정공을 끝까지 추적해 태워 버렸다.

"없어졌을 텐데? 본교도 흡정공을 없애는 데 온 힘을 기울였다고 서고에 보관 중인 고서에서 보았소."

"마녀라니까."

"……."

백면의 고개가 천천히 끄덕여졌다.

무린의 그 말이 백면에게 모든 것을 강제로 이해시켰다. 그래, 비상식의 극인 존재인 마녀다. 무엇을 알고 있다 하더라도 전혀 이상할 게 없는 존재. 인간이 맞는지조차 의심스러운 존재.

"그래서 어쩔 생각이오? 마녀가 진 형의 비천신기를 노린다는 소린데?"

"강해져야겠지."

무린은 간단히 답을 내놓았다.

지극히 간단한 답이다. 하지만 세상에서 가장 실현 불가능한 답이다. 그리고 그건 무린도 알고 있었다.

단순히 강해져서는 마녀에게 대항조차 할 수 없다는 것을.

하지만… 그렇다고 가만히 앉아 있다 당할 수는 없지 않은가. 최소한 발악이라도 해야지. 안 그러면 지금까지 걸어온 투쟁의 삶이 너무 억울할 것 같았다. 아니, 분명 억울할 것이다. 정말 너무 억울해서 미칠지도 몰랐다.

"솔직히 말해보시오. 강해진다고 마녀를 막을 수 있겠소? 그리고 거기서 더 강해질 여지가 있기는 하오?"

"음……."

이번엔 반대로 백면의 질문에 무린이 신음을 흘렸다. 백면의 말은 정곡을 찔렀다. 마녀를 막지 못한다는 말이야 이미 했기 때문에 상관없지만, 그 뒷말이 무린의 심기를 어지럽혔다. 현재 여기서 더 성장할 여지가 있냐는 말. 바로 이 부분이다.

있을까……?

사실 무린은 자신의 현재 경지를 제대로 파악하기 전이다. 단 한 번의 전투로 너무나 변해 버린 육체를 모두 파악할 수는 없는 노릇이다. 이건 여유를 두고 차근차근, 그리고 확실하게 알아가야 하는 부분이었다.

아직 자신에 대한 파악이 전부 이루어지지 않았으니, 성장 여부도 당연히 알 수 없었다.

"모르겠다. 아직 이 힘을 전부 파악하지 못한 상황이야. 그러니 성장의 여지가 있는지도 아직 확실히 파악이 불가능해."

"모른다는 뜻은 결국 두 가지 가능성을 전부 담고 있으니 나쁘지만은 않소."

"그렇기야 하지. 하지만 감을 말하자면……."

"말하자면?"

"아직 더 높은 곳에 올라갈 수는 있을 것 같다. 이게 내 무의 끝자락이라는 생각은 들지 않아. 벽도 느끼지 못했고."

"……."

백면은 침묵했다. 무린은 일종의 감이라고 했지만 저 정도 무인이 감에 의지할 리가 없었다. 자신은 느끼지 못하는 영역의 신비일 것이다.

"다만… 쉽지는 않겠어."

"하하. 그거야 당연히 그렇지 않겠소? 그 정도 경지면 한 발자국 앞으로 나가는 것도 아마 굉장히 어려울 것이오."

탈각이 어디 애 이름인가.

벽조차 못 보는 무인이 부지기수다. 아니, 절정의 경지조차 밟지 못하는 이가 발에 치이는 게 강호다.

쉬웠다면 아마 수두룩했을 것이다. 그러나 탈각의 무인은 현 강호에서 손에 꼽을 정도다. 그야말로 상상 속의, 전설 속의 경지다.

"하지만 살기 위해서는 아무리 힘들어도 내딛어야 하지."

"그것도 반……."

백면은 말을 끝내지 못했다.

무린이 고개를 돌렸기 때문이다. 좌측으로 돌아간 고개가 어둠을 뚫어지라 응시했다. 백면은 그에 눈살을 찌푸렸다. 당연히 무린의 행동 때문이었다. 무린은 뭔가를 느꼈다. 하지만 아직 백면 본인은 느끼지 못하고 있었다.

눈동자가 검게 물들면서 내력을 서서히 끌어올려 기감을 넓게 확장시켰다. 고요한 어둠에 잠긴 소요진의 공기가 느껴지지만, 아직 이렇다 할 낌새는 느껴지지 않았다.

"하나, 둘. 둘……?"

무린의 입에서 둘이라는 단어가 나왔다.

백면은 무린이 둘이라는 말을 했을 때야 감지했다.

확실히 고속으로 다가오고 있는, 치열한 공방전을 펼치며 오고 있는 기척이 느껴졌다. 눈살이 확 찌푸려졌다. 굉장한 기세다. 일격을 주고받을 때마다 생기는 내력의 파장도 만만치 않았다. 결코 자신의 아래라고 볼 수 없는 상대들이었다.

백면이 느낀 것은 딱 여기 까지였다.

하지만 무린은 다른 것을 느낀다.

"음……."

무린의 낯빛이 굳었다.

백면과는 다른 것을 느낀 탓이다. 이 기세, 이 파장. 결코 절정의 무위에서 나올 수 있는 것이 아니다.

게다가 익숙함까지.

하나의 공격은 지독하게 무겁고 파괴적이다.

다른 하나의 공격은 지독히 빠르고 날카로웠다.

무린이 익숙하게 느낀 것은 두 번째다.

"광검?"

"광검? 아, 아아. 근데 그가 왜?"

무린의 중얼거림에 백면이 말을 잇자 무린은 다시 고개를 저었다. 알 리가 있나.

기척은 빠르게 가까워졌다. 그러자 무시무시한 광기의 가닥까지 잡혔다. 광검 위석호가 보여줬던 숨 막히는 쾌검.

쩡!

쩌저정!

파가가각!

공격이 부딪치면서 생기는 굉음과 맞부딪쳐 터진 내력의 파편들이 숲을 박살 내는 소리도 이제 서서히 들리기 시작했다.

다 왔다.

촤아악!

숲을 튀어나온 검은 인형 하나가 공중으로 뛰어 날았다. 그렇게 비상한 신체가 무린의 옆으로 떨어져 착지했고, 힘을 이기지 못하고 데굴데굴 굴렀다.

그 뒤를 이어, 비슷하게 검지만 체구가 거대한 그림자가 마찬가지로 하늘을 날아왔다.

"크아아!"

"흡!"

거대한 괴음과 함께 떨어져 내리는 일격. 칠흑처럼 시꺼먼 대검에는 지극히 파괴적인 기세가 담겨 있었다.

쩡……!

기합과 함께 그 일격을 막은 이는 무린이었다. 어느새 비천과 흑룡을 합친 다음, 이미 준비하고 있던 내력을 창에 집중해서 그대로 후려친 것이다. 무린의 내력을 이기지 못한 괴한이 그대로 옆으로 날아갔다.

"크윽……."

광검이 일어섰다.

그의 눈은 무린에게 머물러 있지 않았다. 여전히 칠흑의 괴한에게 머물러 있었다.

"빌어먹을……."

"광검? 광검 맞소?"

"음……? 아아, 비천객. 아니, 이젠 비천무제라 불린다지? 후후후."

서늘함이 담겨 있는 말투는 여전했다.

눈가를 질끈 동여맸던 천은 이미 온데간데없었고, 어둠 속에서 칙칙한 잿빛을 뿌리는 광안(狂眼)만 보였다.

"상황이 이러니 길림에서의 일은 나중에 감사를 표하겠소."

"후후후, 마음대로. 그보다… 그 일에 대해서 은혜를 갚는다 치고, 나 좀 도와주지 않겠나?"

"도와달라?"

"그래, 동생이 있다. 좌측 숲길로 갈라져서 도망쳤는데 그쪽 지원을 부탁해. 동생 녀석 머리색이 워낙에 특이하니 누군지는 금방 알아 볼 거야…….”

“당신은?”

“여기 이 친구가 도와주면… 상대가 가능하겠어.”

“…….”

상대가 가능하다고?

광검도 절정을 넘어섰다고 들었다.

그런데 백면의 도움까지 받아야 상대가 가능하다니… 저 칠흑의 거한이 대체 얼마나 강하기에……?

그런 의문은 칠흑의 거한이 일어서며 뚝, 하고 투구가 벗겨졌을 때 알 수 있었다. 금발 머리. 색목인의 전형적인 특색이다.

땀에 젖어 찰랑거리는 금발 사이로 푸른 눈동자와 심하게 오뚝하다 싶은 콧날이 보였다. 게다가 구면이다.

예전… 심양에서 봤던 무인이다.

마녀의…….

뒤에 있었던.

“음…….”

절로 침음이 나왔다.

뭔가를 생각하려는 찰나 위석호가 거칠게 외쳤다.

“이곳에 내게 맡기고 빨리!”

"……."

그 외침에 무린은 백면을 바라봤다. 그리고 눈이 마주치자 천천히 고개를 끄덕였다. 위석호를 도우라는 뜻이었다. 백면이 주저 없이 고개를 끄덕였다.

무린은 직후 바로 몸을 날렸다. 등 뒤서 쩌저적! 소리가 들렸다. 자신의 등을 노리고 날아온 공격을 백면이 막은 것이다.

'전후사정은 일단 모든 게 끝나고 듣는다.'

무린의 신형이 어둠 속으로 순식간에 사라졌다. 위석호가 말했던 방향으로 쭉쭉 뻗어나가는 무린. 저 끝에서 일단의 무리가 느껴졌다.

잠시 멈칫하는 무린.

하지만 사이한 기운이 느껴졌다. 방향도 위석호와 흑기사가 온 방향. 무린은 그쪽이 아니라는 판단을 내렸다.

방향도 다를뿐더러 고속으로 이동만 해오고 있었다. 아마도 흑기사의 수하라는 생각이 들었다.

'버린다!'

촤악!

멈칫했던 무린의 신형이 다시금 날듯이 뛰어가기 시작했다. 극성의 무풍형. 그야말로 바람조차 거스르는 신법.

숲을 달리면서 무린은 기감을 극도로 열었다. 눈으로 뒤덮인 숲은 그야말로 고요함의 극치였다.

하지만 그렇기 때문에 아주 작은 소리도 훨씬 잘 들렸다. 나뭇잎에 맺혀 있던 눈덩이가 떨어지는 소리까지 전부 무린의 기감에 잡혔다. 신비롭기까지 했지만 당장 무린에게 그런 여유가 느껴지지 않았다.

위석호가 쫓겨 왔다.

흑기사를 위석호가 감당하지 못한다는 뜻이다. 아주 잠시 봤지만 자신보다 결코 약하지 않은 위석호가 말이다.

상대를 못한다는 뜻.

그의 동생이 어느 경지인지는 모른다. 그러나 분명 약하지 않을 것이고, 그 동생도 흑기사 정도 되는 적에게 쫓기고 있다는 뜻이다.

사사삭!

경치가 순식간에 밀려났다.

반각, 아무런 것도 잡히지 않았다.

일각, 잡혔다.

'저기!'

정확하게 전방에서부터 서서히 느껴지기 시작했다. 최초로 느낀 감각은 끈적하다는 느낌이다. 뭔가 옭아매는, 사지육신을 구속하는 어두운 기운이었다. 무린은 느끼는 순간 기질을 읽었고, 당연히 인상이 찌푸려졌다.

기본적으로 사람의 심령을 자극하는 기운이었다.

사아아악!

용천으로 주입되는 비천신기가 더해졌다. 그럴수록 무린의 신형은 더욱더 빨라졌다.

이제는 잔상처럼 보이는 것을 넘어 어둠에 동화될 정도였다. 순식간엔 거리가 좁혀지고 무린의 시야에 훤히 트인 공터가 나왔다.

숲 안의 공터.

그곳에서 예닐곱의 괴한이 싸우고 있었다. 아, 아니다. 그 중 하나는 위석호의 말처럼 눈에 띄는 머리색을 가진 여인이었다.

시린 눈의 색을 닮은 은발.

그 은발을 거칠게 휘날리며 지극히 파괴적인 도를 뿌리고 있었다. 은색 선이 어둠을 쭉쭉 갈랐다.

'저 여인이군.'

무린은 저 여인이 위석호가 말한 동생임을 알아차렸다. 그리고 볼 것도 없이 곧바로 개입을 시작했다.

그그극! 비천흑룡의 결합이 풀렸다. 그 후 흑룡을 오른손에 쥔 무린이 즉각 투창 자세를 취했다.

어깨를 잡아당기는 그 짧은 시각 동안 비천신기가 무린의 의지에 따라 움직여 육체는 물론, 흑룡 자체에 무한한 힘을 선사하기 시작했다.

무린은 어깨가 정점까지 당겨지자 일체의 망설임도 없이 그대로 뿌렸다. 손끝을 떠난 흑룡이 굉음을 일으켰다.

쇄애애애액!

아주 적나라하게 난입자의 존재를 알리는 흑룡. 반응은 즉각 나왔다. 모두의 시선이 소음이 일어나는 쪽으로 움직이면서, 어느새 회피하기 시작한 것이다.

지극히 빠른 움직임이다. 반응 속도가 장난 아니라는 뜻이고 결코 경시할 수 없는 자들이라는 뜻이었다.

푹!

창끝만 조금 남기고 피한 적의 뒤에 있던 바위를 그대로 파고 들어간 흑룡. 아주 간발의 차로 투창 공격이 실패했다.

'피했어?'

무린은 그에 놀라웠다.

투창을 피했다.

어쩌면 무린이 가장 자신 있어 하는 공격이 바로 이 투창 공격이다. 그런데 피했다. 그러니 놀랄 수밖에 없었다.

하지만 놀라는 건 놀라는 거고 무린의 신형은 어느새 움직이고 있었다. 위석호의 동생으로 생각되는 여인의 앞을 막아섰다.

"……."

"……."

검은 복면을 쓴 무인들. 아니, 자객이다.

적은 여섯.

이쪽은 둘.

'살객? 아니, 그들은 이들과 비교도 못 돼.'

비교조차 불가능이다.

살객?

무린은 보는 순간 알 수 있었다. 저들을 감싸고 있는 기묘한 위화감. 마치 생명이 느껴지지 않는… 그런 감각. 온기라고는 단 한 점도 없는, 마치 기계 같은 감각. 비인의 특급살객보다 적어도 몇 수는 위다.

무린은 자신의 등 뒤에 있는 여인의 기감도 읽어봤다.

'음…….'

침음이 저절로 흘렀다.

이 여인도 약하지 않았다.

아니, 오히려 위석호보다 강해 보였다. 예민하고 예리한 무린의 기감이 그걸 전부 읽었다.

느껴지는 내력도 그렇다. 서책에서나 본 무기, 저 바다 건너 섬나라에서 쓴다고 들은 대태도(大太刀)의 날을 타고 일렁이고 있는 강맹한 내력.

'이 정도인 데도 밀린다?'

찌잉!

신경계를 건드리는 위험 신호.

오감을 뛰어넘은 영역에서 보내온 경고를 받은 신경계가 전신으로 긴장감을 골고루 퍼트렸다. 그러자 그 긴장감에 비천신기가 즉각 움직였다.

폭발적으로 일어난 비천신기.

무린은 가벼운 걸음으로 이동했다. 물론 경계는 놓치지 않았다.

그그극.

바위에 박힌 흑룡을 꺼내 다시 비천과 결합했다.

그 후 다시 편한 걸음으로 돌아와 여인 앞에 섰다.

"광검이 보내서 왔소."

"……."

오면서 말하자 여인의 고개가 미미하게 끄덕여졌다. 하지만 푸른 눈동자에는 일체 미동도 없었다. 보통 오라버니는 괜찮은가요? 하고 물을 텐데도 그런 걱정은 아예 없는 것 같았다.

"적은 이게 전부요?"

"하나……."

그 물음에 나직하게 나오는 한마디.

작아서 들릴 듯 말 듯 할 정도로 작았지만, 무린은 이해했다. 하나가 더 있다는 뜻이었다. 그리고 무린의 얼굴은 이번엔 아주 확실하게 굳어졌다.

한계까지 기감을 연 상태였다.

적이 살수 같다는 판단에서였다.

'그런데 이 안에 하나가 더 있다?'

자신의 기감을 속이고서……?

위험하다.

육감이 보내온 경고신호가 바로 이 때문인 것 같았다.

스윽.

눈앞에 여섯의 자객이 움직이기 시작했다. 미동도 없이 바라보고 있다가 갑자기 움직인지라 무린이 하던 모든 생각을 그대로 증발시켜 버렸다.

삭.

사삭.

마치 그림자처럼 어지러이 움직이기 시작하는 자객들. 움직임이 예사가 아니었다. 갈지자로 움직이면서 서로 교차하니 시선이 순식간에 어지러워졌다. 눈동자가 좌와 우로 마구 찢어졌다.

슉.

미끄러져 온 살객 하나가 무린의 옆구리에 소태도를 찔러 넣었다. 여인이 들고 있는 도를 축소시켜 놓은 모양.

완만한 날이 공간을 가르고 아주 빠르게 무린의 옆구리를 노렸다. 쩡! 창이 아닌, 손바닥에 비천신기를 응집시켜 밀듯이 쳐버리는 무린. 그러자 자객의 신형이 그 힘에 밀려 한 바퀴 빙글 돌았다.

푸확!

발바닥이 지면을 긁어 올려쳤고, 숲의 바닥을 덮고 있던 눈과 흙이 그 발길질에 파여 무린의 안면으로 솟구쳐 올랐다. 기막힌 임기응변이다. 하지만 상대가 무린이다. 북방의 전쟁터에서 무려 십오 년을 자력으로 버틴.

임기응변이라면 무린도 결코 뒤지지 않았다.

얼굴에 흙과 눈이 덮치기 전에 무린의 신형도 덩달아 회전했다. 그에 눈, 흙은 무린의 얼굴 옆면에 맞았다.

무린은 회전에서 끝내지 않았다. 곱게 펴진 팔에 잡힌 창도 같이 회전, 자객의 어깨를 그대로 후려쳤다.

쩌정!

그러나 자객은 그 공격도 막았다.

마치 알고 있었다는 듯이.

하지만 공중에 살짝 뜬 상태로 무린의 힘에 밀려 옆으로 날아가는 건 막지 못했다. 그때 여인이 움직였다.

스가앙!

빛살처럼 뿌려진 강맹하고 쾌속한 일격이 그대로 자객을

향해 뻗어나갔다. 막고 싶어도 막을 각을 아예 접어버리고 들어가는 순속의 공격.

쩡!

그러나 여인의 공격도 막혔다.

이들은 혼자가 아니었다.

어느새 달려든 자객 하나가 은빛의 궤적을 쳐 방향을 꺾어버렸다. 쾅! 하고 지면에 박힌 도기가 성인 하나는 충분히 들어가서 누울 크기의 구덩이를 만들었고 비산하는 흙과 눈이 비처럼 내렸다.

"흡!"

그러나 그걸 보고 있을 겨를이 없었다.

자객은 여섯.

무린의 전면으로 어느새 둘이 쇄도해 들어오고 있었다. 정확히 무린의 회전이 한 바퀴를 돈 순간이었다.

시선이 고정되어 있지 않은 순간이었고, 그랬기에 위험한 순간이었다. 옆구리, 그리고 목울대를 노리고 순차적으로 들어오는 공격.

쇄액.

바람을 가르는 소리가 아주 얇았다. 공기의 저항을 충분히 피해서 날아와 더 빨랐다.

쩌정!

쾅!

그그그극!

목울대로 들어오는 공격은 창으로 후려쳤고, 옆구리는 그냥 몸으로 막는 무린. 비천신기를 믿기 때문에 가능한 일이다.

그극거리면서 비천신기를 뚫으려고 자객의 내력이 요동쳤지만, 비천신기는 결코 이 정도로 뚫릴 녀석이 아니었다.

맹렬하게 회전하는 비천신기가 옆구리를 노린 소태도의 내력을 그대로 튕겨냈다. 흠칫, 하고 복면 안 눈동자가 살짝 떨리는 걸 무린은 포착했다. 그리고 포착 즉시 움직였다. 아주 잠깐의 틈. 무린 정도의 고수가 그 틈을 놓친다는 건 말도 안 되는 얘기다.

퍼걱!

그대로 창이 턱 아래서부터 머리끝까지 관통했다. 먹이를 향해 내리꽂히고 다시 솟구치는 매처럼 급격한 각을 보인 공격이었다.

그리고 반응도 할 수 없을 정도로 아주 빠르게 들어간 일격이었다.

푹.

창을 뽑아낸 무린의 고개가 옆으로 젖혀졌다. 쉭. 젖혀진 공간 사이로 비침이 날았다. 감각은 그런 암습도 놓치지 않았다. 거의 파공음도 없었지만 거의라는 것은 여지를 남겨두는 단어다. 공기와 마찰, 저항하는 소리마저 죽이지는 못했기 때문에 무린의 감각에 여지없이 잡혔고, 잡혔으니 무린은 쉽게 피했다.

사악.

젖혀진 고개를 향해 다시금 소태도가 날아들었다. 역시 거의 틈이 없다. 예전이라면 그냥 일륜공으로 막았어야 했을 것이다.

하지만 탈각 이후인 지금은 다르다.

삭.

젖혀지던 고개가 그대로 아래로 푹 숙여졌다. 고개가 있던 자리로 소태도가 지나가자마자 무린의 신형이 폭발적으로 쏘아졌다. 단순히 피하기만 해서는 답이 없다는 걸 아주 잘 아는 무린이다.

수비, 회피할 때도 항상 공격을 염두에 둔다.

쩌저적!

전사력까지 가미된 주먹질.

단순한 공격이지만, 그 안에 비천신기가 담기게 되면 결코 단순하지 않은 공격이 된다. 하지만 자객의 실력도 역시 만만치 않았다.

내력을 잔뜩 응집한 손바닥을 내밀어 무린의 주먹을 막았다. 내력과 내력이 만나 요동치자 기음이 흘러나왔다.

비천신기는 여전히 관통의 특성이 있다. 내력이 앞을 막자 뾰족하게 응집한 후, 가공할 회전을 보였다.

가가가각!

자객의 손에 맺힌 검은 내력이 사방으로 비산하기 시작했다. 흠칫! 처음 봤나? 놀라는 자객의 눈동자를 보고 좀 더 내력을 집중하려다가 무린은 급히 손을 떼고 물러났다. 그러자 아주 찰나 뒤에 검붉은 궤적이 무린의 주먹이 있던 곳을 스쳐갔다. 아니, 완벽하게 피하지 못했는지 손등에 붉은 피가 맺혔다.

그리고 급히 시선을 돌려 붉은 궤적이 날아온 곳으로 시선을 돌렸다. 공터의 끝에 검은 신형이 보였다.

장신(長身)이었다.

거리가 상당한데도 결코 작지 않은 느낌이다.

삭.

그리고 무린의 시선에서 사라졌다. 급히 눈동자만 굴려 주변을 둘러봤지만 역시 잡히지 않았다.

가공할 은신술.

그에 침음이 당연히 흘러나왔다.

'음…….'

저자다.

여인이 하나 더 있다고 말한 자가 바로 저자라 예상됐다. 더불어 예전 심양에서 마녀를 만났던 때가 생각났다. 그때 이층으로 올라가니 김연호와 연경이 기절해 있었다. 자신은 물론 그곳에 있던 전부가 아무것도 느끼지 못했다.

'흑기사가 있는 마당이니…….'

이자가 그때 둘을 기절시킨 자라는 예상이 갔다. 아니, 이자여야 했다.

지금의 자신도 기척을 잡지 못하는 고수다. 그때의 인물이 지금 이자가 아니라면 더더욱 심각한 상황이 된다. 이런 자가 둘이란 뜻이니.

쉭.

고개를 젖혀 목을 난자하려던 공격을 피한다. 생각하는 와중이라도 무린은 결코 경계를 늦추지 않고 있었다.

'일단 정리부터…….'

쾅!

콰과각!

쩡!

뒤에서 공터가 마구 터지는 소리가 들렸다.

볼 것도 없었다.

여인의 강맹한 공격이 만들어내는 소리일 것이다. 무린이 하나를 정리. 앞에 둘. 뒤에 여인에게 셋이 붙었다.

촤악!

창이 곱게 펴지며, 지면을 쓸듯이 훑었다.

예리한 창날이 자객 하나의 허벅지를 쾌속으로 노렸고. 서걱! 하고 베어내는 데 성공했다. 하지만 무린은 더 이상 노리지 않았다. 어느새 바로 등 근처로 남은 자객이 이동해 왔기 때문이다.

공격할 때는 저 멀리 있었는데 그 짧은 순간에 이 정도로 간격을 줄였다. 그러니 그만큼 공격도 빠르다.

피할 겨를이 없다.

얼굴을 굳힌 무린이 등에 비천신기를 즉각 돌렸다. 정신을 집중하고 자객의 소태도가 노리는 위치를 파악했다.

'날개!'

쩡!

그그극!

날개뼈 사이를 파고들려 하는 자객의 소태도와 무린의 비천신기가 만나 격렬한 반향을 일으켰다.

파고들려는 자.

밀어내려는 자.

승자는 당연히 무린이다.

텅!

튕겨 나가는 자객의 소태도.

그 감각을 느끼는 즉시 무린의 신형이 돈다.

빡!

팔꿈치가 그대로 자객의 턱을 후려쳤다. 내력의 집중을 완전히 돌리지 못해 자객의 턱을 부수지 못했다. 자객도 내력을 순간적으로 집중했기 때문이다. 하지만 잠시간 의식이 흔들리는 건 막지 못할 것이다.

턱이란 그런 부위니까.

쉭!

다시 고개를 숙이는 무린.

머리가 있던 곳으로 다른 자객의 소태도가 살기를 번뜩이며 지나갔다. 일어서는 순간에 다시 무린의 신형이 돌았다.

턱을 맞은 자객이 아직 의식이 없는 지금이 기회였다. 하나를 줄일 기회. 둘과 하나는 명백히 다르다.

스가앙!

퍼걱!

육신이 터지는 소리를 뒤로 하고 무린의 신형이 전방 자객의 품으로 급속도로 파고들었다.

텅!

쩌정!

퍼걱!

일 타로 내력을 흐트러트리고, 이 타로 깨트렸다. 다음 마지막 삼연격이 그대로 옆구리부터 뚫고 들어가 비천신기의 내력을 자객의 육신 안에 퍼트렸다. 푸화확! 자객의 몸속에서 장기가 찢기고 갈라지고 타는 소리가 들렸다.

이 정도면 즉사다.

휘릭!

쩡!

다시 신형을 돌렸을 때, 전방에 그늘이 졌다. 안 그래도 어두운데 더 어둡다. 누군가가 덮쳐오고 있었다.

'흡!'

뎅! 뎅! 뎅!

육감이 신경계에게 경고를 보냈다. 그에 경종이 울리고 무린의 눈이 커졌다. 숲 속으로 사라졌던, 기척을 잡지 못했던 자객의 우두머리가 어느새 코앞에서 나타난 것이다. 당겨져 있는 어깨가 무린이 도는 순간 풀려 나왔다. 비틀리며 전사력을 얻은 손날이 그대로 공간을 접어 무린의 목젖으로 향했다.

이게 눈 한 번 깜빡일 정도의 순간에 벌어진 일.

뇌가 인식하기도 전이라 무린의 움직임이 순간 멈췄다. 그러나 멈춘 게 아니었다. 눈과 시신경이 계속해서 뇌에 정보를 전달하고, 뇌가 가공할 속도로 움직인다.

활짝 개방된 상단이 그 묘용까지 더해준다.

'아…….'

속으로 탄성이 흐르고, 무린의 입이 살짝 벌어졌다.

멈춘다.

아니, 늦춰진다.

한 뼘 정도를 남겨놓은 자객의 손이 급속도로 늦춰지고 아주 천천히 다가온다.

지잉! 지잉! 지이이잉!

비천신기가 발악을 하듯이 내력을 전신에 퍼트렸다.

피해!

피하라고!

지금 당장!

이런 소리가 들릴 리 없지만, 어쩐지 들리는 것 같음을 느끼는 무린. 그 소리에 반응해 상체가 뒤로 쭉 빠진다.

다가오는 만큼 뒤로 물러나는 고개.

손가락 한 뼘만 남겨놓은 거리는 좁혀지지 않았다. 팔 길이의 한계로 인해 멈춰선 자객의 손. 중지가 비수처럼 빛났다.

무린의 상체도 그 순간 멈췄다.

"……."

"……."

화아악!

뒤늦게 풍압이 무린의 안면을 쓸고 지나갔다.

풍압이 사라지고 잠시간 둘은 근거리서 서로 마주봤다. 복면의 눈구멍 사이로 흑요석처럼 빛나는 검은 눈동자가 보였다. 보통 갈색이 들어가 있기 마련이지만, 눈앞의 자객의 눈동자는 온통 새까맣다.

게다가 번들거리기까지 한다.

검은 유리알

복면의 입 부분이 꿈틀거렸다.

"호오, 이걸 피해?"

"……."

지극히 평범한 목소리. 그 어떤 특징도 느껴지지 않는 목소리였다.

그 목소리를 들은 무린은… 등 뒤로 식은땀이 흐리기 시작하는 걸 느꼈다. 느껴졌다. 이자…….

'쉽지 않다.'

탈각의 무인이다.

하필이면…….

'완전하지 않은 지금…….'

만났다.

좀 더 탈각의 무력에 익숙해졌다면 또 모르겠지만 지금은 쉽지 않다.

"물러나세요."

"……."

등 뒤에서 들려오는 말에 무린은 바로 물러났다. 어느새 정리를 한 여인이 다가오고 있었다. 무린은 두말없이 일단 물러났다. 눈앞의 자객은 무린이 물러나도 움직이지 않았다. 그저 흥미로운, 그리고 조금 놀란 눈으로 무린을 바라보고 있었다.

"주(主)를 만나 신기를 얻었군."

"……."

주?

주인이란 뜻의 주다.

무린은 그 대상이 누구인지 바로 알아차렸다. 맞다. 이자. 심양에서 김연호와 연경을 기절시켜 자신에게 경고를 했던 자.

차라리 이자이기를 바랐는데 잘됐다.

게다가 신기를 얻었다는 소리도 한다.

이것도 무린의 예상이 맞았다는 소리다.

필요하니 만들어줬고, 필요하니 걷어간다.

무린의 눈동자가 급속도로 식었다.

"혼자서는 못 당합니다."

"……."

무린은 대답하지 않았지만 고개는 끄덕였다. 이 여인의 말이 맞다. 저자. 결코 지금 자신의 실력으로 붙어 이길 수 있는 상대가 아니었다.

무린은 그 점을 확실하게 느꼈다.

혼자 감당이 되는 게 있고 안 되는 게 있다.

이자는 지금 현재 절대 혼자서는 감당 안 되는 부류다.

스윽.

그는 한 발자국 나섰다.

무린과 여인은 한 발자국 뒤로 물러났다.

다시 그가 나서고 둘은 다시 물러난다.

그 같은 상황은 반복되었고.

어느새 둘은 공터의 끝까지 밀렸다. 그리고 하필이면 그 끝에는 낮은 언덕이 있었다. 물러날 곳이 없었다.

"다 갔나?"

사악.

그 말 직후.

검은 그림자가 쭉 늘어났다.

第百五十五章 흑기사(黑騎士)

스가앙……!

백면의 눈앞으로 칙칙한 궤적이 터졌다. 검신 자체가 칠흑의 색을 지닌지라 은빛의 궤적 대신 꿈틀거리는 어둠만 보였다.

육안으로 파악이 불가능할 정도.

천하의 백면의 눈에도 말이다.

무린이 광검의 요청으로 숲으로 떠난 후, 흑기사와 광검의 전투는 다시 시작됐다. 그 과정에서 백면은 신세계를 맛보는 중이었다.

광검의 검은 빨랐다.

그냥 다른 단어가 떠오르지 않을 정도였다. 손목이 움직인다 싶은 순간, 이미 궤적은 적의 목젖을 가르고 있었다.

빨라도 정말 너무 빨랐다.

나라면 막을 수 있을까?

스스로 의문을 가져보는 백면.

'아니… 못 막는다.'

쩡!

쩌정!

가가가각!

그러데 저 흑기사는 막았다. 막는 걸로도 모자라 반격까지 하고 있었다. 가각거리는 쇳소리는 흑사의 반격을 광검이 막으면서 생기는 소리였다.

백면은 우두커니 서 있었다.

'이게… 탈각 이후의 신경(神境)인가……?

너무 빨라 감각을 극도로 끌어올렸는데도 몇몇 일격은 백면의 인지를 벗어나고 있었다. 미쳤다고 해도 좋을 정도다, 정말…….

고속(高速).

그야말로 고속의 맹공.

쩡!

쩌저적!

사악, 스가각!

옷이 나풀거리는 소리가 너무나 적나라하게 들려왔다.

쩡!

광검의 초고속 쾌검.

광검 위석호의 별호의 광자엔 미칠 광자가 들어가지만, 원래는 미칠 광(狂)자가 아닌, 빛 광(光)자였다. 빛밖에 보이지 않을 정도의 쾌검을 구사했기 때문이다.

배화교도. 그중 백면검대를 이끄는 백면은 당연히 광검의 소문을 접해 본 적이 있었다.

그때는 그냥 그렇구나. 빠른 검을 구사하는 검객이구나. 이렇게 생각했었다. 하지만 길림성에서 만났을 때 한 번 그 생각이 흔들렸고 지금은 완전히 무너졌다.

빛나는 검광.

'분광…….'

백면은 이제야 광검의 검식이 어떤 공부를 담고 있는지 깨달았다.

구파.

그중 일파인 점창(點蒼).

쾌(快), 변(變), 역(力)의 요결을 중시하며, 광검의 검식은 그중 쾌의 요결을 담뿍 담은 분광(分光)이다.

나눌 분에 빛 광.

빛을 나누는 검식.

나눈다는 분(分) 자는 가른다라는 뜻으로도 쓰인다. 그리고 백면의 검은 지금 딱 분광이라는 말이 어울리는 검을 뿌리고 있었다.

스가앙……!

공간 그 자체인 어둠을 그대로 가르고 광검의 검이 흑기사의 옆구리를 노렸다. 백면은 검의 속도를 좇아가지 못했다. 인지를 벗어난 속도였다. 내력을 극한으로 돌리고 있는데도 파악하지 못하고 있다는 뜻은… 광검의 수준이 백면보다 훨씬 높다는 걸 뜻했다.

우드득!

주먹이 쥐어지고 표정이 저절로 일그러졌다. 자존심에 그대로 금이 간 것이다.

쩌저정!

막고 쳐내고 다시 반격의 역공을 들어간다. 그토록 빠른 분광조차 흑기사를 잡지 못하고 있었다.

파바바박!

초근접 거리에서 순식간에 몇 합을 주고받았다.

그냥 검게 요동치는 물결만 보였고 번쩍이는 기의 파편밖에 보이질 않았다.

쩡……!

크게 터지는 소리와 함께 광검이 뒤로 튕겨 나갔다.

타다닷.

광검은 바닥에 떨어지는 즉시 빠르게 몸을 다시 튕기며 이동했다. 그리고 그 자리로 흑기사가 떨어져 내렸다. 거대한 대검이다. 날에는 곡선이 하나도 없었다. 중원의 병기가 아닌, 타국의 병기였다.

그런 대검이 바닥에 떨어졌다.

콰앙……!

눈과 흙이 마구 비산했다. 폭탄이라도 터진 건가? 고막이 찌릿찌릿할 정도로 거대한 소리도 들렸다.

"후우……."

그 순간 광검이 백면의 곁으로 뚝 떨어져 내렸다.

"가만히 서 있을 건가?"

"……."

떨어져 내린 즉시 광검의 말문이 열렸다.

백면은 그 말에 대답하지 못했다. 사실 워낙에 자신의 경지를 벗어나는 공수였던지라 몸이 굳어버렸다. 그러니 입 밖에 낼 수 있을 리가 없었다.

"쯔."

쉬이익!

날카로운 파공음이 들렸다.

시야에 거대한 흑기사가 가득 들어왔다. 이건 그냥 날아온다는 표현이 어울렸다. 범처럼 날래다는 말도 흑기사의 속도를 표현하기에는 부족했다. 눈 깜짝할 사이, 어느새 전면 가득 그가 보였다.

스가앙!

쩌정!

"큭!"

한 발자국 앞으로 나서며 대검을 쳐버리는 광검. 사선으로 비스듬히 쳐내니 궤적이 변하고, 변한 궤적은 목표에서 한참이나 멀어졌다.

휘릭!

그러나 흑기사는 멈추지 않았다.

그대로 안으로 파고들며 몸을 회전시켰고 팔꿈치를 접어 그대로 광검을 후려쳤다. 뛰어난 임기응변이었다.

쉭!

광검도 만만치 않았다. 그대로 고개를 뒤로 당기니 그의 얼굴 전면으로 손가락 한 마디 정도 거리를 두고 스쳐 지나갔다.

팔꿈치에 걸린 바람이 쩍 갈라졌다.

하지만 예기는 기어코 광검의 얼굴에 닿았다.

팟. 소리가 나더니 광검의 코에서 핏방울이 튀었다.

"칫, 역시 안 되나……."

안 된다?

못 막는다고?

탈각의 무인이?

광검의 입에서 불평이 나왔다. 조용하게 소요진을 울리는 광검의 독백.

백면은 그 공방이 일어난 직후 뒤로 물러나고 있었다. 인지가 불가능한 공방이다. 근방에 있다가는 휩쓸려 박살 날 것을 감지한 것이다. 으득! 가면 속 입에서 이가 격렬하게 갈리며 그의 불쾌한 감정을 고스란히 나타냈다.

짜증스러웠다.

아무것도… 할 수 없는 현실이.

어떻게 아냐고?

백면 정도의 경지면 굳이 안 해봐도 알 수 있었다. 꼭 장맛을 보지 않아도 그게 장인지 아닌지 확인할 수 있는 것처럼 말이다.

일격을 넣는 순간, 오히려 그건 방해가 된다. 광검의 분광은 연격으로 보였다. 뿌리고 또 뿌릴수록 점차 쾌를 더해가는.

배화교에서도 그렇게 배웠다.

그러니 자신의 공격이 그 흐름을 끊어버릴 수도 있다는 생각이 백면을 아무것도 못하는, 그 자신을 꿰다놓은 보릿자루로 만들어 버렸다.

치욕이었다.

광검이 가만히 서 있을 건가? 하고 물어도 왔고 처음부터 그를 도와달라고 했었지만 그건 공격에 대한 도움이 아니라는 것을 둘이 공방을 주고받는 걸 보고 깨달았다.

수비다.

그가 막지 못할 공격을 막아야 하는 게 자신의 임무라는 것.

'빌어먹을…….'

으드득!

극도의 짜증이 올라왔고 그의 손이 검병을 잡게 만들었다. 그것은 강제적인 일이었다. 백면 정도의 무인이 아무것도 할 수 없다는 것을, 그리고 뒤나 받쳐야 한다는 현실을 받아들일 수 있을 리가 없지 않은가.

콰가각!

빛살처럼 뿌려진 백면의 검이 새까만 패기를 거침없이 뿜어냈다. 바닥을 긁으며 그대로 내려쳐진 일검. 백면의 검은 무거운 검이다.

무린의 정교하면서도 실용적인 창, 남궁유청의 표홀한 검,

지금 광검의 빠른 검과는 성향이 달랐다.

무겁고, 무겁기 때문에 파괴적인 검이다. 철검식. 그래, 비교하면 철검식과 상당히 비슷한 검식이었다.

쩌정…….

펑!

그러나 흑기사에게는 정말 조금도 통하지 않았다. 그는 가볍게 대검을 휘둘러 백면의 검기를 그대로 터트려 버렸다. 그냥 가벼운 손짓처럼 휙 하고 휘둘렀는데 백면의 검기가 터져 버렸다. 그에 백면의 얼굴이 확 일그러졌다.

예상치도 못했기 때문이다.

검기를 터트린다? 대체 어떻게 예상이나 할 수 있었겠나. 일그러지는 눈동자에는 당연히 불신의 감정이 들어 있었다.

백면은 자신이 익힌 배화교의 공부를 결코 구파의 아래라 생각하지 않았다. 실제로 구파와 일방, 그리고 배화교는 동시대를 군림했고 거의 동시에 은거했다. 이는 하북의 석가장, 절강 주산군도의 검문도 마찬가지다.

그 외 강호에 잘 알려지지 않은 신비문의 공부와 비교해도 아주 조금의 손색도 없을 것이라 자부했다.

강호일절이라, 혹은 명불허전이라 칭해도 된다는 소리다.

그런데 그런 배화교의 무공이, 저 흑기사의 손짓 한 번에

파훼당했다. 아니, 이건 파훼도 아니다. 그냥 격이 다른 힘에 완전히 짓뭉개진 것이다.

"어이, 어이… 물러나지?"

"크……."

그 말에 백면이 즉각 반응했다.

동공 가득 들이차는 흑기사의 신형 때문이었다. 이동도 시각의 인지를 벗어나려 하고 있다. 급히 신형을 뒤로 빼는 백면.

쾅!

백면이 있던 자리가 흑기사의 대검에 의해 아예 박살이 났다. 마치 포탄이 터진 것처럼 거대한 웅덩이가 생겨나고, 비산하는 파편 속에 흑기사의 신형이 다시 가려졌다. 백면은 신형을 더 뺐다.

결코 안전하지 않은 거리. 게다가 상대의 신형마저 보이질 않으니 더욱 위험했다. 등줄기를 타고 소름이 쫙쫙 돋아났다. 그리고 그 소름 위로 식은땀이 줄줄 흘렀다. 단 한 번의 공방으로 생긴 일이다.

'미친…….'

백면은 속으로 욕설을 뱉었다.

그의 감각이 마구 소리치고 있었다. 붙지 마라. 붙는 순간 죽음이다. 일격을 막지 못할 것이고 피하지 못할 것이다.

그렇게 소리치고 있었다.

쩍.

쩌저적.

쩡……!

백면의 가면에 금이 가더니 곧 파삭! 소리와 함께 두 동강으로 깨져 나갔다. 대겸의 풍압에 깨진 것이다.

뚜둑.

약간의 시간차를 두고 바닥에 떨어진 가면을 보면서 백면은 뭐라 말을 이을 수 없었다.

처음이었다.

이 가면을 쓰기 시작한 이후 가면이 강제로 벗겨진 것은 이번이 정말 처음이었다. 가면의 강도도 단단했지만, 백면이 가면까지 일격을 결코 허용치 않았었다. 그런데 이번에 깨진 것이다. 피했는데도…….

풍압 때문에.

검기나 다른 내력으로 인해 생긴 일이라면 아예 안면이 박살이 났으리라.

하…….

"……."

단 한 번의 공방으로 가면까지 박살이 나다니.

어이가 없고 기가 막힐 일이었다.

“그렇게 억울해하지 마. 저놈은 그냥 못 잡아…….”

후후후.

어딘가 몽롱한 목소리다.

그 말에 뒤를 돌아보니, 여전히 감은 눈으로 입가에 미소를 짓고 있는 광검이 보였다. 미소는 살짝 비릿했다.

비웃음과 즐거운 미소의 경계에 멈춰 있는 미소.

“빠져 있어.”

“…….”

광검의 말에 다시금 백면의 얼굴이 일그러졌다.

“인상 쓰지 마. 안 되는 건 안 되는 거야. 저 녀석을 상대하려면 적어도 벽은 깨야 돼. 그게 아니라면 그냥 생목숨만 가져다 바치는 꼴이야.”

“알고 있소…….”

백면은 바로 대답했다.

알고 있다.

무슨 짓을 해도 저 흑기사의 일격도 막지 못한다는 것을. 비통하게도 너무나 절절하게 깨달아버렸다.

“알면 됐어. 아, 그리고… 이제부터 내 눈은 안 보는 게 좋을 거야.”

“음…….”

광검은 눈을 감고 있다.

그런데 눈을 안 보는 게 좋을 거라니?

이해를 못하는 백면이었다.

그런 백면에게 광검의 말이 다시 꽂혔다.

"그냥 보지 마. 궁금해도 참는 게 좋아……."

희죽.

입가에 걸린 미소가 짖어졌다.

사악.

광검이 양손을 쫙 뻗었다. 손에 잡힌 쌍검이 마치 날개처럼 펴졌다. 백면은 그 모습에 꾸물거리는 어떤 기묘한 감각을 느꼈다.

"음……."

이상한 감각임이 분명하다.

근원적인. 뭔가 심령 그 깊숙한 곳, 완전히 밑바닥에 있는 감정이 요동치고 있었다. 꾸역꾸역 올라오면서 발광을 떨기 시작했다.

"으음……."

뭐라 말로 설명하지 못할 그 감각에 백면은 주춤주춤 뒤로 물러났다. 본능이 몸을 움직이는 것이다.

광검과 거리를 벌리고 싶어 하는 본능의 움직임이었다.

후후후…….

아무런 웃음도 들리지 않았다.

하지만 백면은 들은 것 같은 환청을 느꼈다. 나직하게 웃는 무언가가… 느껴졌다.

'이게 무슨…….'

도저히 말로는 설명할 수 없었다.

이건 무린이 뿜어대던 기파와는 전혀 성질이 달랐다. 무린의 기파는 있는 그대로 피부에 와 닿는다.

정말 말도 안 되는 무시무시한 기파를 온 몸으로 뿜어내고, 그 기파로 적의 사기를 그대로 꺾어버린다. 싸우고자 하는 의지조차 박살내 버리는 게 무린의 압도적인 기파다. 하지만 광검은 달랐다.

이건 기묘했다.

그렇게 밖에 설명할 방법이 없었다.

아니, 하나는 있다.

이건… 인외다.

백면은 광검의 검식이 점창의 검식이라는 것을 알고 있다. 하지만 백면이 점창에 대한 것을 배운 서적 어디에도 이렇게 소름끼칠 정도로 기분 나쁜 공부는 적혀 있지 않았다.

아니, 이건 공부가 아니었다.

그 기묘한 기세에 다른 게 실리기 시작했다.

'이게…….'

광검(光劍)이 광검(狂劍)으로 달리 불리는 이유.

이건… 진짜 미쳤다고 밖에 표현할 수 없는 기파였다. 무린의 기파가 압도적인 짓누름을 내포한 기파라면, 광검의 지금이 기파는 살기가 들끓었다. 그 살기를 아우르고 있는 건 광기(狂氣)였다.

반드시 적을 죽이겠다는 살기와 미친 광기가 한데 만나 어우러져, 광검이라는 인간을 통해 현세로 뿜어지고 있었다.

'으음…….'

자박, 자박자박.

백면의 뒷걸음질이 저도 모르게 빨라졌다. 본능이 몸을 강제로 이끌고 있었다. 눈을 보지 말라는 이유가 여기에 있었다. 아니, 이건 눈을 안 본다고 해결이 되는 게 아니었다. 그렇게 피할 수 있는 기파가 아니었다.

으득!

이까지 저절로 악물려질 정도다.

거의 오 장이나 백면이 멀어지자, 힐끗 뒤를 잠깐 본 광검이 반대로 한 발자국씩 앞으로 나서기 시작했다.

그러자 이번엔… 흑기사가 자세를 잡았다. 여태 그냥 후려치고 내려치고 막고 찌르고 등 간단한 동작만 보이던 것에 비하면 엄청난 변화였다. 그럼 그렇게 변한 이유는? 말할 것도 없이 지금 광검의 변화 때문이었다.

"자, 다시 해볼까……? 셋째의 유령아."

셋째의 유령?

백면이 그 말에 의구심을 갖던 순간, 백면의 신형이 흐릿해졌다. 정말 말 그대로 흐릿해졌다. 극쾌다.

순식간에 흑기사의 전면으로 다가서고, 칙칙한 어둠을 머금은 빛을 토해냈다.

스가앙……!

공간이 절단되는 소음과 현상이 동시에 백면의 눈에 담겼다.

흐릿해졌다 싶었을 때 이미 극쾌의 분광이 터지고 있었다. 빛을 나누고 갈랐다.

가가각!

쩡!

막았나?

흑기사의 신형이 포탄 터지는 소리와 함께 뒤로 튕겨 나갔다. 쾅! 하고 지면에 처박히고 그대로 눈 덮인 소요진의 대지 위로 주르륵 미끄러졌다. 사악. 광검의 신형이 다시금 흐릿해졌다.

푹! 푸북!

미끄러지는 흑기사에게 다가가 양손의 검을 그대로 찌른다. 그러나 흑기사는 그 와중에도 신형을 비틀어 광검의 검을 피해냈다. 육체가 통제되지 않고 뒤로 밀려 나가고 있는 그

와중에도 말이다.

쾅!

대검을 휘둘러 광검을 검을 후려치고 그대로 힘으로 광검을 뒤로 밀어버렸다. 타닥! 그 후 바로 미끄러지던 몸을 멈추고 곧바로 상체를 뒤집어 세웠다.

스가앙……!

아주 짧은 틈.

그 사이로 분광이 다시금 터졌다. 어둠을 한껏 담은 검격이 순식간에 공간을 가로질러 흑기사의 목을 노렸다.

쾅!

흑기사의 대검도 움직였다.

없는 공간에서도 손목의 반동으로 검을 털어 광검의 검을 맞받아쳤다. 아니, 후려쳤다. 광검의 검이 휙! 뒤집혔다.

스가앙……!

그러나 광검은 쌍검수다.

한 손에 한 자루씩.

남은 검이 다시 목을 노렸다. 빛살보다 빠른 분광이 마치 뱀의 꾸물거림을 보이며 흉부를 노렸다.

쾅!

그러나 그 일격도 다시 흑기사가 손등으로 후려쳐 막았다. 철갑에 보호되고 있는 손등이 그대로 광검의 검을 도로 튕겨

냈고, 그 순간에 최초 튕겨 나갔던 광검의 검은 다시 제자리로 돌아오고 있었다.

스가앙……!

가앙……!

비슷하나 다른 검격의 소음이 들려왔다.

하나는 위에서 아래로, 다른 하나는 좌에서 우로.

분명한 십(十)자의 궤적이 어둠 속에서도 명확하게 그려졌다.

쩡!

쩌정!

그러나 공기가 터지는 소리가 두 번이 울렸다. 막힌 것이다. 양단할 기세로 떨어진 일격은 대검으로, 옆구리를 갈라오던 일격은 그냥 몸으로 막았다.

광검의 입술이 열렸다.

"막아? 셋째도 못 막던 건데?"

셋째.

무슨 뜻일까.

형제?

아닐 것이다.

망령이라고 했으니까.

말이 끝남과 동시에 광검의 쌍검이 다시금 춤을 췄다. 춤이긴 춤인데, 아주 살인적인 춤이었다.

스가앙……!

핏!

서걱!

파바바박!

위아래, 좌우. 흑기사 주변 모든 공간을 잠식하는 무시무시한 분광의 쾌검이었다. 칙칙한 궤적이 귀신처럼 꿈틀거렸다.

그극!

퍽!

검이 닿았는지 불똥이 튀었다. 그리고 들려오는 경쾌한 타격음. 광검이 검병으로 그대로 흑기사의 얼굴을 후려친 것이다. 휙 날아 떨어지는 흑기사. 어둠 속에서도 훤히 보이던 금발은 이제 눈과 흙에 젖어 흑발이라고 해도 믿을 정도로 처참하게 변해 있었다.

푹!

광검은 틈을 주지 않았다.

어느새 달려들어 다시 검을 찔러 넣었지만 애꿎은 땅만 폭 파고 들어갔다. 사아아악! 그대로 수평으로 검을 그어가는 광검. 그극! 대검으로 검의 진로를 막는 흑기사. 쉭! 그러자 광검은 다시 남은 검으로 흑기사의 다리를 노렸다.

쩡!

정강이를 굽혀 흑갑의 무릎보호대로 검을 막아내는 흑기사. 일격 일격에 내력이 실려 있어 쇳소리 대신 내력 터지는 소리가 계속해서 들렸다.

꽈직!

휘돌려진 광검의 다리가 그대로 흑기사의 안면을 찍었다. 하지만 고개만 비틀어 피하니 그대로 지면에 발등부터 푹 파고 들어가는 발이다. 그리고 그 때문에 시간이 생기고 말았다.

퍽!

굽혔던 정강이를 쭉 뻗어 광검의 복부를 걷어차는 흑기사. 광검의 신형이 그 힘에 붕 떠서 뒤로 날아갔다.

제대로 들어간 일격은 아니었다.

광검이 상체를 접으며 그 짧은 틈에도 신형을 뒤로 날렸으니까. 제대로 맞았으면 아마 오장육부가 그대로 터졌을 것이다.

모든 일격에는 내력이 한가득 실려 있으니 말이다.

탁.

질퍽한 땅에 내려서는 광검.

어느새 일어난 흑기사가 다시 자세를 잡았다.

고오오…….

그리고 뙤약볕으로 인해 지평선에 아지랑이가 올라오는

것처럼, 흑기사의 전신에서 기세가 뭉클뭉클 일어나기 시작했다.

그걸 보고 광검의 입이 또 다시 열렸다.

이번에는…….

"대력(大力)? 이것까지 가르쳤어……? 아, 진짜. 누님… 이건 좀 아니지."

누님?

의미 모를 말이다.

모든 상황을 보던 백면은 대력이라는 말에 주목했다.

분광은 점창이다.

점창에 대력이라는 공부가 있던가?

"있다……."

아…….

그러자 의미 모를 소리들이 이해가 갔다.

무린이 들은 것처럼, 백면도 들어 알고 있다.

그 옛날 마녀와의 일전 이후. 점창의 장문인이 스스로 천령개를 내려쳤다고 했다. 그 이야기는 그 비사와 관계된 사람은 거의 대부분 알고 있다. 백면도 교주에게 직접 들은 이야기다. 무린을 도와주러 오기 전에 말이다.

여기 광검은 마녀가 대동하고 다니던 흑기사에게 셋째의 망령이라 했고 누님이라는 단어도 꺼냈다.

백면의 생각은 더 이상 이어지지 못했다.
숨겨둔 한 수는 광검만 가지고 있는 게 아니었다.

콰앙……!
쩌저저적!

흑기사의 대력에… 천지가 쪼개지고 있었다.

第百五十六章 탈각의 무

푹!

수도가 그대로 절벽에 박혀 들어갔다. 단단한 돌을 마치 물처럼 가르고 들어가는 손이 고개를 뒤로 젖히는 순간이 조금이라도 늦었다면 돌 대신 목을 뚫고 들어갔을 거라는 생각에 무린은 진땀이 흘렀다.

그림자처럼 쭈욱 늘어나며 다가오더니, 어느새 수도가 목젖을 노리고 있었다. 인지하는 순간이 공격하는 순간이었다.

빠르다는 말로 이게 설명이 가능하지가 않았다. 아예 인지 자체가 늦을 정도였다. 그것도 무린이 말이다.

눈살이 당연히 찌푸려지는 무린이었다.

'느끼고 피하는 것도 늦다니…….'

눈으로 보고 피하는 게 아니었다.

극한으로 끓어 올린 기감으로 느끼고 피해야 했다. 움직임은 거의 보이지도 않았다. 스윽. 정말 스윽하고 다가오는데 그땐 이미 코앞에 있었다. 대체 어떤 기예를 쓰는지 모르겠지만 이건 정말 무린의 상상 외였다.

쩡!

수도와 무린의 창이 만나 한차례 울부짖었다.

옆구리를 노리고 들어오는 수도를 흔들어 막았는데 마치 천근거력이 짓눌린 느낌이 들었다. 그에 무린은 창을 흔들어 수도를 비껴냈다. 그와 동시에 사르르 은빛 물결이 흔들렸다.

스가앙……!

그 후 기음이 터졌다.

서걱.

흑의 사내는 가볍게 뒤로 빠졌다. 그러면서 앞 소매 자락만 살짝 갈렸다. 중심이 흐트러진 틈을 타 노리고 들어간 공격이었는데도 피했다. 정말 대놓고 숨통을 노린 일격이었는데, 이걸 피하다니.

무린도 놀랐지만 여인은 더 놀랐는지 무표정이던 얼굴에 금이 가기 시작했다. 그녀도 놀란 것이다.

설마 이걸 피해? 딱 이런 표정이었다.

"제법 날카롭군. 이게 점창의 사일인가?"

"……."

어느새 저만치 멀어진 사내가 입을 열어 묻자, 여인은 침묵으로 대답했다. 사내는 그걸 대답으로 들었는지 고개를 주억거리며 다시 입을 열었다.

"과연, 내 의복을 자른 걸 보니 강보다는 쾌에 집중되어 있어. 점창 사일의 특징이지. 공동 사일은 오직 깨트리는데 주력을 뒀으니."

"……."

사내의 말에 여인은 이번에도 대답하지 않았다. 그리고 무린은 사내의 말에 여인의 출신 성분을 짐작할 수 있었다.

점창의 사일검(射日劍).

따로 후예사일(后羿射日)이라 부르는 점창의 절학이다. 구파에 대한 이야기는 대부분 소향에게 들었다.

점창을 대표하는 검공은 둘이다.

후예사일.

그리고 분광.

현천일기공이라는 내가기공으로 펼쳐지는 이 두 가지 검공은 남궁세가의 창궁검은 물론 제왕검형마저 능가한다고 알려져 있다 했다. 그러니 구름 속 구파의 당당한 일좌를 차지하고 있는 것이다.

무린은 여인의 정체에 따라 광검의 지독히 빠른 검 또한 유추해 낼 수 있었다.

분광(分光)이다.

빛조차 나누는 검.

'마녀는 관일창이라 했고…….'

동문사형제?

순간 무린의 머릿속에 그런 생각이 들었다. 하지만 곧 아니라는 생각이 들었다. 마녀의 나이와 이들의 나이가 맞질 않는다. 마녀는 유구한 오랜 세월을 살아왔으니 말이다. 이미 백은 훌쩍 넘었다. 하지만 광검이나 이 여인은 결코 백 세 이상으로 보이지 않았다. 상식적으로는 말이 안 되는 일이다.

사내가 다시 무린을 보며 말했다.

"그럼 확인도 했으니… 오늘은 이만 돌아가야겠군."

"확인?"

사내의 말에 무린은 순간 인상이 찌푸려졌다. 자신을 보며 하는 말인 걸 보니 확인의 대상이 자신이라는 것은 알겠는데, 무슨 확인을 말하는 건지 모르겠는 무린이다. 하지만 그건 아주 잠시였다.

이 사내가 마녀의 수하라면 자신에게서 확인할 건 하나밖에 없었다.

'비천신기.'

스스로 추론했던 게 이제는 정답이 됐다.

이자, 자신을 만나기 위해 이곳에 왔다. 아마도… 광검과 이 여인은 거기에 휘말렸을 것이다. 아니면 이미 교전이 벌어진 후 명령을 내렸거나.

"이제 얼마 안 남았다. 그때 다시 만나도록 하지."

"……."

한명운 선생과 마녀가 했던 약속.

그 약속은 이제 곧 깨진다.

스륵.

뒤로 빠지는 사내.

그 사내에게 여인이 물었다.

"당신 이름은?"

"흑영."

쉭.

대답과 함께 사내가 사라졌다. 숲의 어둠과 동화하더니 순식간에 자취를 감췄다. 은신술은 정말 예술이었다. 그걸 보며 무린은 만약 저자가 작정하고 자는 틈에 들어와 비수를 날리면 막을 수 있을지 예상해 봤다.

답이 안 나왔다.

'겪어봐야 알겠군.'

살수로서는 정말 끝을 본 자라 할 수 있었다. 세상에, 탈각지경의 살수라니.

"돌아가요."

"……."

여인이 무린을 보고 말했다.

무린은 말없이 고개를 끄덕였다.

샥.

무린이 고개를 끄덕인 순간 여인의 신형이 쭉 뻗어나갔다. 정말 초고속이다. 무린의 무풍형에 비해 결코 떨어지지 않는 극상의 신법이다. 그 순간 무린의 신형도 쭉 뻗어나갔다.

콰앙……!

무린이 여인의 뒤를 따라 붙는 순간 천지가 진동했다. 마치 거대한 크기의 화탄이 터졌을 때나 날 굉음이었다.

그 순간 무린은 직감적으로 이게 광검에 의해 나온 소리가 아닌 흑기사에 의해 나온 소리라 예상을 했다.

광검의 무예는 극쾌다.

이미 한 번 겪어본 바도 있는 무린이다.

그런 극쾌의 검공으로는 이런 굉음을 일으키기에는 무리였다. 이런 소리는 무지막지한 파괴력이 동반되어야만 나올 수 있는 소리였다.

그러니 흑기사다.

백면도 파괴력 면에서는 높게 쳐줄 만하지만 이렇게 천지를 진동시키기에는 무리라는 것을 무린이 가장 잘 알았다.

그걸 여인도 느꼈는지 달리는 속도가 한층 올라갔다. 격렬한 전투를 치룬 직후인데도 여인의 속도는 결코 떨어지지 않았다. 무리하고 있는 걸까? 아니었다. 무린은 그녀에게서 흔들림 없는 기세가 흘러나오는 것을 느꼈다. 그 기세에 담겨 있는 감정은 무린도 참 잘 아는 감정이었다.

분노였다.

명백한 대상을 향한 복수심으로 인해 생성되는 분노.

여인은 흑기사에게 아주 크게 분노하고 있었다.

'대체…….'

무슨 일이 있었지?

알 수 없는 노릇이었다.

일단은 광검과 합류하고 얘기를 나눠봐야 감을 잡을 수 있을 것 같았다. 그리고 고맙다는 인사도 해야 했고.

사사사삭.

주변의 풍광이 순식간에 지나쳤다.

숲이 사라지고 금방 소요진의 모습이 보였다. 어둑해진 하늘. 그 어둠에 동화되기 시작한 흑기사의 모습이 상당한 거리였음에도 무린의 눈에는 아주 뚜렷하게 보였다.

콰앙……!

재차 폭음이 터졌다.

흑기사의 검이 광검을 노리고 내려쳐졌다.

이동과 동시에 일격을 먹이는데 한 호흡도 안 걸리는 것 같았다. 과연… 무력 면에서는 정말 끔찍할 정도였다.

저 정도 속도. 파괴력.

무린 본인이라고 해도 정말 상대하기 쉽지 않을 것이라는 생각에 곧바로 들었다. 아니, 광검조차 밀리고 있었다. 백면이 곁에 있는데도 피하기만 하고 있었다.

피한 광검이 다시 쾌속의 검공을 뿌려냈다.

쩌엉!

울리다 못해 고막까지 자극하는 기음이 터졌다. 정말 눈부신 속도의 분광이다. 육안으로 보고 파악하려는 짓이 아예 미친 짓일 정도로 순식간에 빛을 가르고 공간을 가르고 육신을 타격하려 한다.

하지만 흑기사는 그마저도 막아냈다.

너무나 쉽게 땅에 박힌 검을 뽑고, 돌려 막아내서 그 모습이 오히려 이상한 괴리감을 만들어낼 정도였다.

'분광이 저리 쉽게 막힐 검공이었던가?'

무린은 그런 생각까지 했다.

하지만 이내 곧바로 고개를 저었다.

구파의 무공이다.

결코 그리 쉽게 막을 수 있는 무공이 아니었다. 지금의 무린이라도 광검의 분광은 상당히 애를 먹어야 할 것이다.

왜?

그 또한 탈각의 무인이기 때문이다.

그런데 흑기사는 마치 애들 칼질 막는 것처럼 쉽게 막았다.

타다다다닷!

"하압!"

여인이 짧은 기합을 지르더니 지척까지 좀 더 속도를 올려 달렸다. 주르르륵! 그리고 미끄러지면서 멈춘 후, 하체의 자세가 착 낮아졌다. 조금만 무예를 연습한 이라면 보는 즉시 알 수 있는 자세.

발도(拔刀).

자세와 동시에 응축된 힘이 폭발적으로 터져 나왔다.

스가앙……!

사일의 검력이다.

대태도에 응축된 현천일기공의 검력이 순간적으로 어둠을 하얗게 물들였다. 어둠을 살라먹고 고속으로 뻗어나간 사일은 이내 흑기사의 등을 후려쳤다. 아니, 후려치는 것처럼 보였다.

쩌정……!

흑기사가 손만 돌려 주먹으로 후려치지만 않았어도 말이

다. 빛무리가 흑기사의 주먹에 맞아 궤도를 이탈, 땅에 처박혔다.

콰!

폭탄이 터진 것처럼 땅거죽이 뒤집혔다. 비산하는 흙과 눈. 몰아치는 바람에 흑기사의 금발이 사르르 흔들렸다.

번쩍!

순간 다시금 어둠을 가르고 빛이 번쩍였다. 광검의 분광이다. 십자처럼 그어진 분광의 검기가 순식간에 흑기사의 정면에서 터졌다.

쩡……!

쩌정!

삼연격이었다.

하지만 이 공격 또한 전부 막혔다.

열십자로 가르고 그 사이를 찔러 들어간 검격을 어느새 흑기사가 모두 쳐낸 것이다.

다시 등이 보였다.

무린의 눈에.

"흐읍!"

착!

두 다리를 대지에 굳건히 박아 넣고, 비천흑룡을 우수에 쥔 후 어깨를 활시위처럼 잡아 당겼다. 응축되는 어깨의 근육.

팽팽하게 당겨진 시위에 힘이 가득 응축됐다.

직후.

기이잉……!

거침없이 돌기 시작하는 비천신기의 내력이 사지백해로 퍼져나갔다. 무린이 가장 자신 있어 하는 공격.

일격필사의 기예.

투박한 투창이다.

시위를 놓았다.

촤아아악!

새까만 어둠을 가르면서 우윳빛 비천신기가 어둠을 갈라 버렸다. 순식간에 공간을 접고 접어 들어간 비천흑룡이 어느새 흑기사의 넓은 등판을 노렸다.

꿰뚫나?

쩡……!

푸확!

아니, 못 뚫었다.

여인의 사일을 쳐낸 것처럼 한 바퀴 돌면서 그대로 무린의 비천투창격을 쳐냈다. 궤도만 슬쩍 비틀어 버리니 그대로 비천흑룡은 땅바닥을 파고 들어가 버렸다. 흔적조차 없이.

사사삭!

흑기사의 회전하던 몸이 한차례 들썩이더니, 이내 뒷걸음

질로 쭉쭉 멀어지기 시작했다. 몸을 빼고 있는 것이다.

뒤로 달려서… 순식간에 거리를 벌리는 흑기사.

어느새 십 장 거리를 벌려서더니 멈춰 섰다.

"……."

무린은 말없이 창을 뽑았다.

그러나 얼굴은 한없이 굳어 있었다.

'빌어먹을…….'

으득!

이가 뿌득! 갈렸다.

알고 있었다.

저들이 강할 거란 사실을.

하지만 이렇게 차이가 날 거란 사실은 알지 못했다. 이게 뭔가. 이건 그냥 아주 가지고 노는 정도였다.

광검도 탈각의 무인이다.

여인은 아예 구파의 무인이다.

못해도 광검과 같은 경지다.

그리고 무린 본인도 탈각의 무인이다.

그런 셋이 시간차를 주고 최대의 힘으로 공격을 했다. 탈각의 무인 셋이서 말이다. 그런데 흑기사는 그걸 모두 여유롭게 쳐냈다.

정말 여유롭게, 조금의 조급함도 없이 가볍게.

어처구니가 없는 일이었다.

"하, 저 새끼가……."

광검의 입에서 거친 말이 튀어나왔다. 무린이 창을 뽑고 돌아보니 흑기사가 어깨에 대검을 메고 터덜터덜 걸어서 사라지고 있었다. 도망치는 게 아니라, 그냥 산책하는 걸음으로 언덕을 올라가고 있었다.

꿈틀.

무린의 눈매도 그걸 보는 순간 격하게 꿈틀거렸다. 얼마나 가소롭게 보였으면… 저런 모습을 보일까? 저건 딱 봐도 굳이 신법을 펼쳐 도망갈 필요도 없다는 뜻이다. 흑기사는 그렇게 사라졌다. 유유히. 무린은 그 뒤를 쫓을 생각도 하지 못했다. 흑기사가 보여준 마지막 보습이 정말 너무 어이가 없었기 때문이었다.

"미치겠군……."

그렇게 심정을 토해낸 무린이 손을 쥐락펴락했다. 손의 근육이 쭉쭉 당겨지는 느낌이 들었다. 근육에 힘은 넘쳤다. 기잉! 무린의 반응에 회전하는 비천신기의 내력도 마찬가지였다. 아직도 여유롭다 못해 힘이 넘쳤다.

애초에 격렬한 전투는 얼마 펼치지 않았기 때문에 당연한 일이었다. 그러니 비천신기의 내력은 아직 가득하다.

남아돈다 해도 과언이 아니다.

그런데… 그런데도.

이 힘을 전부 다 쓴다 해도 흑기사나 흑영에게 생채기 하나 낼 수 있을까 의문이다.

"아, 빌어먹을……!"

광검의 짜증스런 외침에 무린은 고개를 들어 그를 바라봤다. 그는 정말 이 상황이 마음에 안 드는지 애꿎은 땅을 발로 팍 걷어차면서 머리를 벅벅 긁고 있었다.

그 행동에 무린은 불쑥 예전과 다른 점을 느꼈다. 일단 행동거지에서 나오는 느낌이 예전과는 달랐다.

예전에는… 어딘가 몽롱해 보였다.

마치 아편이라도 한 사람처럼 흐느적거리는 느낌이 있었다. 그런데 지금은 그런 모습이 보이지 않았다. 완전히 정상적인 느낌.

'탈각 이후 정신을 차렸나?'

그랬을 수도 있다.

탈각은 정말… 뭐라 말로 설명하기 힘든 신비로운 일이니까.

무린의 시선을 느꼈는지 광검이 무린을 바라봤다. 두 사람의 시선이 어둠 속에서도 정확히 마주쳤다. 서로 이미 어둠은 문제가 안 되는 이건 당연한 일이었고, 잠시간의 대치를 끝낸 사람은 광검이었다.

"아, 일단 고마워. 당신 아니었으면 동생이 큰일 날 뻔했어."

"아니오. 나도 은혜를 입은 적이 있으니 이건 그 은혜에 비하면 고마울 일도 아니오."

"그런가? 후후. 후우… 어쨌든 위험한 일에 말려들게 한 건 사과하지. 미오. 이리 와봐."

광검의 부름에 여인이 다가왔다.

사르르 흔들리는 은발은 마치 어둠 속에서도 스스로 빛을 발하고 있는 것처럼 보여 참으로 신비로웠다.

"소개하지. 이쪽은 내 동생이고 이름은 미오. 본명은 따로 있지만… 그건 알아봐야 별 의미가 없어. 그리고 널 도운 이쪽은 진무린. 비천객이야. 아니, 이제는 비천무제로 불린다지?"

"진무린입니다."

무린은 가볍게 인사했다.

"……."

그러자 미오라 불리는 여인은 그냥 마주 예만 취했다.

"원래 말수가 적어. 이해해 줬으면 해. 이건… 뭘 어떻게 해도 안 고쳐지더라고. 영혼에 각인된 성향이니 뭐 당연한 거겠지만."

"영혼?"

"그런 게 있어. 아, 저쪽 친구는?"

"백면이오. 내 동료고, 적(籍)은 따로 있소."

"가면이라… 배화교군. 백면검대, 맞나?"

무린의 말을 들은 광검이 백면을 향해 묻자 백면은 고개를 끄덕였다. 그러자 광검도 마주 고개를 끄덕였다.

"어쩐지, 명월은 잘 있나?"

"명월검주님을 아시오?"

"그럼, 만나기만 하면 칼부림을 했구만. 그리고 지치면 술도 한잔하고. 후후."

"아… 내가 나올 때까지는 건강하셨소."

명월검주.

배화교의 호교(護敎)무인이다.

일과 월.

명일검주와 명월검주.

배화교의 신물 중 하나인 명월신검을 서로 나눠 가진 자들. 이들은 태어나면서 이미 내정된다. 그리고 걸음마보다 검을 먼저 쥐게 되고 밥보다 영약을 먼저 먹게 된다. 이후는 수련의 연속인 세월이 기다리고 있고, 약관(弱冠)되는 해 강호로 나선다.

딱 십 년간.

그 후 교로 돌아와 명일검과 명월검을 하사 받고 그때부터 호교무인의 되는 것이다.

무력은? 글쎄.

아마 모르긴 몰라도 백면이 검주님이라 높여 부르는 걸 보면 결코 약하지는 않을 것이다. 배화교도 구파와 격이 같으니 말이다.

무린은 일단 대화를 끊었다.

“들어가서 얘기 하도록 하는 게 낫겠소. 운기도 할 겸 말이오.”

“그래, 그게 좋겠군. 후우.”

광검은 바로 남궁세가 진영 쪽으로 정확히 신형을 틀어 걷기 시작했다. 마치 알고 있는 사람 같았다.

그 뒤를 미오가 따랐고 무린도 걷기 시작했다. 하지만 무린은 걷는 순간 또 다른 의문에 휩싸였다.

‘이 정도 소란이 있었는데 아무도 모른다?’

천지가 울리는 소리가 들렸다.

그런데 아무도 오지 않았다. 무린은 숲에서 분명히 들었다. 무린이 들었을 정도니 남궁세가 진영에도 분명히 전해졌어야 정상이다. 그런데 지금 너무나 조용했다. 소란이라고는 조금도 느끼지 못했다.

‘응?’

그리고 어느 순간, 갑자기 묘한 감각이 전신을 한차례 쓸고 지나갔다. 이건 처음 느끼는 감각이었다. 차갑기도 하지만 따뜻하기도 했다. 물과 불. 결코 섞일 수 없는 두 기운이 융화되어 있는 느낌.

하지만 더 이상 느껴지지는 않았다. 느끼는 순간 사라졌고 다시 원상태로 돌아왔다. 무린이 걸음을 멈추고 옆을 보자 백면도 느꼈는지 사방을 두리번거리고 있었다.

"느꼈소?"

"그래. 뭐였지?"

"음……."

백면의 가면 속 눈동자가 찌푸려졌다. 마치 상기하기 싫은 걸 상기한 표정이었다. 무린은 백면이 알고 있는 것 같아 물으려고 했다.

"설명해 줄 테니 일단 가자고."

광검이 그리 말하지 않았다면 말이다.

고개를 끄덕인 무린은 그냥 걸어 진영으로 돌아왔다. 역시 진영은 평온했다. 사주경계는 확실히 하고 있었지만 어디에도 흥분한 기색은 없었다. 그냥 백면과 둘이 걸어 나올 때와 똑같았다.

장팔이 무린을 보고 바로 달려왔다.

"오셨습니까?"

"그래, 일단 막사 하나만 비우고 이 두 사람에게 주도록."

"누구……? 아, 알겠습니다."

광검과 미오를 알아보았는지 반문하려다가 바로 수긍하고 막사를 비우러 달려갔다. 무린은 광검을 돌아봤다.

"반 시진이면 되겠소?"

"충분하지."

"시각 맞춰 가겠소. 나 말고 몇 명 더 갈 거요."

"괜찮아. 후후."

그는 가볍게 웃으며 수긍하고는 장팔이 간 곳으로 걸어 갔다. 그의 뒤를 여인이 따라갔고 무린은 백면을 다시 돌아봤다.

"우리도 이따 보도록 하지."

"알겠소."

백면이 떠나가고, 무린은 자신의 막사로 돌아왔다. 막사로 들어오자 가장 먼저 보인 건 여인의 등이다.

하나가 아니고 여러 명.

넷이나 되었다.

무혜.

단문영.

려.

그리고 이옥상이었다.

그에 무린은 잠시 멈칫할 수밖에 없었다. 저절로 속에서부터 한숨이 나왔다. 아, 하루가 너무 길었다.

다른 건 다 괜찮은데… 려와 단문영이 같이 있다는 사실이 마음에 걸렸다. 무린은 비어 있는 자리에 가서 앉았다.

"월이는?"

"정심 아가씨와 함께 있습니다."

"정심 소저와?"

"예, 요즘 정심 아가씨에게 의술을 배우고 있습니다."

"음… 그렇군."

무린은 가볍게 고개를 끄덕였다. 무월의 생각을 이해했기 때문에 나온 행동이었다. 무혜는 군사의 역할을 한다. 제 몫을 충분하다 못해 넘치도록 하고 있었다. 하지만 무월은 아니었다. 그러니 아마 항상 신경이 쓰였을 것이다.

무월은 무린이나 무혜와는 달랐다.

너무나 특출 난 두 사람에 비해 무월은 그냥 평범하다고밖에 볼 수 없었다. 물론 머리가 나쁘지는 않았다.

"월이라면 잘할 것이다."

"저도 그렇게 생각합니다."

무혜도 무린의 말에 동의했다.

세 사람은 남매니 당연히 잘 알 수밖에 없었다.

무린처럼 지독한 근성은 없다.

무혜처럼 하나를 알려주면 열을 헤아릴 줄도 모른다.

하지만 착실하고 하나를 알려주면 하나는 확실히 깨우칠 줄 아는 아이다. 어렸을 적 몸이 아팠던 어머니 대신 무월에게 글을 가르친 무린이니 그 부분은 확실하게 단언할 수 있었다.

"어딜 다녀오셨는지요."

"백 대주와 할 얘기가 있어 잠시 바람 좀 쐬고 왔다."

"그러십니까."

"그래, 그보다 몸은 괜찮으냐?"

"예, 많이 좋아졌습니다."

무린의 걱정에 무혜는 보기 드물게 미소를 지으며 대답했다. 무린이 보니 확실히 무혜의 얼굴색은 좋았다. 수혈을 짚기 전과 비교하자면 거짓말 조금 보태서 천양지차였다. 무린이 넣어준 비천신기도 도움이 됐지만, 아마 정심의 의술이 그보다 더 큰 도움이 됐을 것이다.

"다행이구나. 그런데 왜 여기에 모여 있느냐?"

"이분이 이리로 모이시라 해서 모였습니다."

"옥상 소저가?"

"예."

무린은 무혜의 대답을 듣고 이옥상을 바라봤다. 그러자 그녀가 예의 그 신비로운 미소를 입가에 그렸다.

이내 열리는 입술.

“좋지 못한 기운을 느꼈어요.”

“음…….”

뭘 느꼈는지, 굳이 무린은 물어 볼 필요가 없을 것이라 생각했다. 아마 전투의 기운을 감지했거나 무린이 걸어오면서 느꼈던 것을 감지했거나, 둘 중 하나일 것이다.

“칙칙한 기운이었어요. 그래서 이분들을 일단 이곳 진 공자의 막사로 모셨어요. 이곳이 중심이니까요.”

“비천대에는 언질을 했습니까?”

“…….”

그 말에 이옥상은 고개를 저었다.

그 후 다시 열리는 입술.

“확신할 수 없었거든요. 너무 찰나간 느낀 거라…….”

그에 무린은 고개를 끄덕였다.

전투를 끝낸 지 얼마 안 되는 비천대다. 이옥상의 한마디가 다시 긴장을 불러 올 수도 있었다. 그래서 아마 아무 말도 하지 않은 것이다.

나름 사려가 깊은 행동이었다.

하지만.

“혹시 나중에도 이런 경우가 생기면… 그땐 꼭 저 아니면 다른 이에게 알려주십시오. 소저가 느꼈다면 틀림없는 것이니 말이오.”

"무슨 일이 있었죠?"

"……."

무린은 무혜를 바라봤다.

좀 전에는 안심시키기 위해 거짓말을 했다. 그런데 이건 뭐 일다경도 안 되어 들통나게 생겼다. 아니, 이미 들통났다.

무혜의 눈초리가 살짝 찢어져 있었다.

설명을 바라는 눈빛이었다.

"미안하구나. 이옥상 소저가 말한 것처럼 일이 있었다."

"무슨 일을 말씀하시는 건지 정확히 설명해 주세요."

"그래. 후우… 마녀의 수하를 만났다."

"마녀… 요?"

무혜의 눈동자가 살짝 흔들렸다.

제일의 주적.

가장 경계해야 하는 상대.

무혜에게 준비된 안배도, 무린의 투쟁에도.

전부 마녀가 있다.

"마녀가 아니라 마녀의 수하다. 흑기사라 불리는 이와 흑영이라 불리는 이였다. 광검 위석호가 쫓기고 있었고 그의 부탁에 따라 난 흑영이라는 자와 싸웠다. 그리고 잠시 싸우더니 그들은 물러났고 우리도 돌아왔다. 이게 전부다."

"……."

무혜의 눈동자가 낮게 가라앉았다.

말의 진위를 파악하는 건 아니었다. 무린이 이런 상황에서 거짓말을 할 사람이 아니라는 건 무혜가 가장 잘 아니까.

무혜가 지금 생각하는 건 왜 마녀의 수하가 지금 이 상황에, 이 시기에 이곳에 있는가 하는 점이었다.

"강했나요?"

"강했습니다."

무린은 이옥상의 질문에 고개를 끄덕였다.

강했다.

강해도 너무 강했다.

"어느 정도였나요?"

"상처 하나 내지 못했습니다."

"네?"

그 말에 이옥상이 오히려 놀라 되물었다. 단문영도 놀랐고 려와 무혜도 놀랐다. 단문영과 이옥상은 무린의 말도 안 되는 무력을 직접 보고 느꼈다. 무지막지한 기파에서 나오는 살인기예.

오직 숨통을 끊기 위해 치명적인 요혈만을 공격하는 무린의 살인기예는 탈각 이후 엄청나다는 표현을 넘어선 무력으로 탈바꿈했다.

그런 무린이다.

그런데도 상처 하나 내지 못했다?

완전한 탈각을 이룬 무린이?

"정말… 인가요?"

"예."

이옥상이 되물었다.

그리고 무린은 즉답을 내놓았다.

사실이니까 머뭇거릴 필요도 없었다. 애초에 무린은 허세를 모른다. 무린의 가장 큰 장점이다. 차이를 정확히 인지하고 극복하려고 노력하는 게 무린이다. 그렇게 노력하고 또 노력하며 성장한다. 그래서 지금의 경지를 이뤘다.

"저와 비교하면요?"

"음……."

무린은 눈을 가늘게 좁혔다.

이옥상의 경지.

솔직히 말해 결코 낮지 않았다.

아니, 어쩌면 지금의 무린과 비교해도 결코 약하지 않을 것이다. 사실 탈각 전에는 막연히 나보다 강하구나, 이렇게 생각했다. 그러나 지금, 탈각을 이룬 지금은 이전보다 훨씬 잘 보였다.

강했다.

확실하게 강했다.

굳이 누군가와 비교를 하자면… 그래, 은발의 여검수. 광검의 동생인 미오 소저와 거의 대등해 보였다.

하지만.

그건 곧 자신과 큰 차이가 나지 않는다는 뜻이다. 지금 당장에야 자신보다 먼저 탈각을 이룬 이옥상이나 미오, 광검이 나을 것이다. 탈각의 육체와 무력에 적응을 했을 테니 말이다.

하지만 그건 시간이 지나면 해결되는 부분이다. 무린은 자신의 몸속에 자리 잡은 비천신기, 그리고 실전기예가 결코 그들의 무공보다 떨어진다 생각하지 않았다.

그런 자신이다.

그런 자신이 털끝하나 손대지 못했다.

위석호의 동생이 흑영의 소매 자락 끝을 벤 게 전부였다.

"소저가 저를 한 수에 제압할 수 있다면 아마 해볼 만할 거라 생각됩니다."

"……."

이옥상이 무린을 빤히 바라봤다.

진심인지 아닌지를 보는 게 아닌, 아마 그녀도 무린의 경지를 보는 것 같았다. 기세를 굳이 내보이지 않아도 이옥상은 알 것이다. 실제 이미 보여준 적도 있다. 각자 본질적으로 추구하는 바가 다르지만 탈각이라는 공통적인 부분이 있기 때문에 더욱 잘 알 것이다.

"그럼 저도 안 되겠네요. 이거 참……."

역시 강호는 넓군요.

한숨 뒤에 나온 그녀의 말에 무린의 고개가 자동으로 주억거려졌다. 그 말에 아주 깊게 공감하는 바였다.

강호는 역시 넓었다.

천하를 오시(傲視)할 수 있을 거라는 생각은 안했다.

그러나 그 누구와 만나도 당당할 수 있을 거라는 생각은 했다.

마녀만 빼면.

그런데 그게 수하를 만나 깨졌다.

탈각을 이룬 지 한나절도 지나지 않았는데도 말이다.

이건 마치…….

'자만하지 말라는 건가?'

이건 나를 이끄는 운명의 신의 가르침인가?

무린은 그런 생각이 불현듯 들었다.

그게 아니라면 정말 이러기도 쉽지 않았다.

이번에야 광검이 끌고 온 거라지만, 그것 또한 어쩌면 운명의 신이 인도했을 수도 있었다.

이제 무린은 믿었다.

빌어먹을 운명을. 혹은 천명을 말이다.

도저히 거부할 수 없게 몰아넣고 있으니 믿지 않을 도리가 없었다.

"마녀와 만나셨나요?"

이옥상이 다시 물었다.

무린은 이번에도 고개를 끄덕였다.

"만났다고 들었습니다. 제가 남궁세가로 가는 길에."

"들었다고요?"

"예. 검왕 어르신이 그렇게 말씀하셨으니 맞을 겁니다. 당시 저는 기절했으니 못 봤지만 말입니다."

"그렇군요."

이옥상은 길게 묻지 않았다.

눈을 감는 걸로 자신의 질문은 이제 끝났다고 알렸다.

이옥상이 눈을 감자 무혜가 다시 입을 열었다.

"오라버니."

"그래, 말해라."

오라버니.

대주라고 한 게 아니니 사적인 질문이다.

"지금의 오라버니와 마녀와 붙는다면 어떤가요?"

"일초지적."

무린은 이번에도 즉답했다.

말할 것도 없었다.

마녀의 일수에 관일이 담기는 순간 아마 이승을 떠나 저승의 문턱을 건널 것이다. 이건 무린이 아는 한… 그 누구라도 변함이 없었다.

현재 무린이 아는 가장 강한 무인은 셋이다.

강신단주 이무량.

전대 검왕 남궁무원.

그리고 검란 소저.

하지만 강신단주는 이미 마녀에게 무릎을 꿇었다고 갈충에게 들었다. 그리고 남궁무원도 마녀와 만났을 때 덜덜 떨었다고 했다.

검란 소저야 다시 봐야 그 정확한 무력을 측정할 수 있겠지만, 역시… 마녀의 공격 한 번을 받을 수 있을지는 의문이다. 아니, 의문이 아니라 불가라 생각됐다.

"하아… 그 정돈가요?"

"그래. 애초에 인세에 존재가 맞는지 조차 의심스럽다."

"……."

무혜가 무린의 대답에 그대로 입술을 닫았다. 그러자 이옥상이 입술을 열어 조그마한 목소리로 중얼거렸다.

상식의 파괴자.

비상식의 선구자.

그 말에 무린이 이옥상을 바라보자.

"스승님께서 마녀를 설명할 때 하셨던 말이에요."

이옥상이 싱긋 웃으며 대답했다.

"공감합니다."

무린은 고개를 끄덕였다.

마녀는 무린이 가지고 있던 상식을 확실하게 파괴했다.

그리고 비상식을 아주 확실하게 알려줬다.

대체 이 세상에.

마녀의 경지에 닿은 사람이 있을까.

있다면 전설 속의…….

"삼천갑자 동방삭."

"네?"

"아, 아닙니다."

부지불식간 나온 말이다.

그래서 무린은 아무것도 아니라고 대답했다.

삼천갑자(三千甲子) 동방삭(東方朔).

구전과 서적을 통해 내려오는 신화 속의 인물.

중국 한나라 시절 서왕모가 심은 천도복숭아를 따먹고 영생에 가까운 삶을 얻었다고 알려진 인물이다.

복숭아는 사실 천계에 열리는 불로장생의 열매인 반도(蟠桃)였다. 그걸 세 개나 먹어 영생을 얻은 동방삭은 그 자리에서 서왕모의 추궁에 놀라 도망간 이후 어떻게 되었는지는 구전되지 않는다.

무린이 이런 생각을 한 건 결코 인간이라면 백 세 이상을 사는 게 쉽지 않기 때문이다. 불가능은 아니다. 심유한 내력이나 타고난 강건한 육체와 체력으로 백 세를 사는 사람은 많다. 하지만 마녀처럼… 기원 자체를 따지기 힘든 인물은 없었다.

오죽하면 마도육가 중 몇 가의 시조가 마녀겠는가.

오래 살았다는 사실 때문에 무린이 삼천갑자 동방삭을 떠올린 것이다. 그런데 의외로 이 말에 흥미를 자극당한 사람이 있었다.

"그거 일리가 있는데요?"

단문영이었다.

"음?"

무린이 바라보자 단문영이 다시 말했다.

"실제로 일리가 있는 말 같아요. 반도(蟠桃)가 없다는 걸 확신할 수 있을까요?"

"……."

그녀의 말에 무린은 대답하지 못했다.

무혜도, 이옥상도, 지식이 풍부한 려도 마찬가지였다. 그걸 보고 단문영이 자신의 머리를 톡톡 쳤다.

"당신과 제가 이어진 것처럼, 불가해의 비익공도 있어요.

연원도 알려져 있지 않은 비익공이요. 그럼 반도는요?"

"하지만 반도는 아예 신화로 분류되고 있어요. 존재 자체가 모호하다는 말이에요. 신화, 구전은 말 그대로 신화와 구전이에요."

려가 나섰다.

그녀는 따진 게 아니다.

반론이다.

그녀는 학사라고 해도 과언이 아니다. 그러니 이런 쪽으로는 민감했다. 학사란 허상과 현실을 동시에 본다지만, 신화처럼 애매모호한 것들을 인정하지 않는 부분이 강했다.

"하지만 일리는 있네요."

이번엔 이옥상의 말이었다.

"저는 려 아가씨 말에 찬성해요. 삼천갑자의 전설은 전설일 뿐이라 생각합니다."

무혜는 반대로 현실적이다.

있는 것만 받아들이는 군사의 직위에 있으니 이는 당연했다.

무린은 손을 들었다.

설전이 될 것 같았기 때문이다.

무린은 잠시 생각에 잠겼다.

천도복숭아라.

반도라…….

'삼천 년에 한 번 열린다는 선계의 복숭아. 그게…….'

실존할까?

모르겠다.

웃기게도 이미 마녀라는 상식 파괴의 존재가 있으니 그것조차 일리가 있는 말처럼 들렸다. 무린도 현실적이었다. 북방에 있을 무렵부터 허와 실을 구분하고 살아왔다. 그게 생존에 도움이 됐기 때문이다.

병사들끼리 삼삼오오 모이면 으레 그렇듯 정보가 왔다 갔다 한다. 무린에게도 당연히 들어온다. 그럼 무린은 항상 허와 실을 구분하고 나누어서 생각했었다. 잘못된 정보는 죽음으로 가는 아주 좋은 독약이기 때문이다. 반대로 제대로 된 정보는 목숨을 구하는 영약이다.

그런 무린이 지금 천도복숭아라는 말도 안 되는 환상 속 열매가 정말 있다는 쪽으로 마음이 쏠리고 있었다.

스스로 생각해도 어이가 없었다.

'끊자. 부질없는 생각이야.'

무린은 그래서 이 생각을 더 이상하지 않기로 했다. 자신의 말 한마디에 나온 상황이니 돌리는 것도 본인이어야 한다는 생각에 말문을 열었다.

"이 얘기는 그만하지. 어차피 더 해봤자 답이 나올 것 같지도 않으니.”

무린의 말에 여기저기서 네, 알았어요. 등등 대답이 나왔다.

“참, 물어볼 것이 있어요.”

“말해라.”

“여기 전장을 끝낸 후 북방으로 간다고 들었어요.”

“그럴 생각이다.”

“…….”

무혜는 무린이 대답에 잠시 무린의 눈을 가만히 바라봤다. 이번엔 마치 의중을 뚫어보겠다는 듯이 날카로웠다.

참으로 감이 좋은 아이였다.

무린은 한숨을 쉬었다.

잠시간 무린을 그렇게 보던 무혜가 다시 입을 열었다.

“혼자 가실 생각이신가요?”

“그래.”

“…….”

찌릿.

이번엔 아예 대놓고 째려보는 무혜.

“더 이상 비천대의 희생자가 나와서는 안 된다. 삼륜공을 전수할 생각이다. 태산으로 돌아가 삼륜공에 전념해야 해. 이 이후 전쟁은 마녀와의 일전이다. 지금의 비천대로는 어림도 없다는 걸 너도 알 것이다. 마녀는커녕 마녀의 수하도 만만치 가 않은 상황이니… 적어도 백면 정도는 될 자들이 부기지수일 거다."

"……."

개죽음이다.

지금의 비천대로 마녀와 전쟁이 터졌을 때 움직였다가는 말이다.

"그러니 비천대는 힘을 기른다. 남궁 노사님과 백면도 움직이지 않아. 오직 힘을 기르는데 중점을 둘 것이다."

"그럼 북방에 가시는 이유는 뭔지 알 수 있을까요?"

"천리안이다."

"네?"

"그의 목이 필요하다."

"……."

죽어간 전우의 한을 씻기 위해서 말이다.

무린은 잊지 않았다.

아니, 어떻게 있겠는가.

비천대가 북방에서 수두룩하게 죽었다. 대체 몇이나 희생됐는지… 셀 수가 없었다. 게다가, 게다가… 관평이 죽었다.

천리안.

암마군.

이 둘의 목은 반드시 따야 하는 무린이었다.
안 그러면 잠도 안 올 것 같았다.
솔직하게 말해 지금도 가고 싶은 걸 참고 있었다.
왜?
이 소요대회전이 끝나는 직후, 남궁세가와 결판을 낼 생각이기 때문이었다. 이제 힘은 갖춰졌다. 그러니 이 힘으로 어머님을 모시고 북방에 다녀올 생각이다.
그게 지금 무린의 계획이다.
"말려도 소용없겠지요?"
"그래."
무린은 고개를 끄덕였다.
당연히 말려도 소용없었다.
이건 이미 결정이 된 부분이다.
백면과도 얘기가 끝난 부분이다.
말린다고 될 게 아니라는 소리다.
스윽.
"나요."
"아, 그래. 지금 나가지."
백면의 목소리다.
못 느끼고 있었는데 벌써 반 시진이 거의 다 흘러갔나 보다. 무린은 자리에서 일어났다. 그리고 자리에 사람들의 얼굴을 살펴봤다. 같이 얘기를 들어야 하는 사람들을 추리기 위해서다.

일단 무혜.

무혜는 군사니 당연히 같이 가는 게 맞았다.

그리고… 이옥상, 단문영.

두 사람은 마녀와 직접적으로 관련이 있는 사람들이다. 사람들이 흔히 부르는 운명의 엮임으로 말이다.

그런데 그렇게 뽑고 나니 려만 남겨졌다.

문제다.

혼자 남으면 분명 서운해할 것이다. 아무리 무린이 여인에 대해 잘 몰라도 그건 확신할 수 있었다.

그러니 그냥 다 같이 간다.

"다 일어나지. 려 아가씨, 이옥상 소저도 가서 들어야 할 얘기가 있습니다."

"네."

"그럴게요."

무린이 밖으로 나가자 여인 넷이 따라 붙었다. 무린이 밖으로 나오자 백면이 장팔과 얘기를 하고 있었다. 그리고 걸음을 옮기는 무린.

"사주경계 확실하게 해야 한다. 혹시 모를 적습이 있을 수도 있으니. 아직 비인의 살객이 있다는 걸 잊지 마."

"네, 걱정 마십시오!"

"좋아. 믿겠다."

그렇게 말하고 돌아서는 백면.

"가지."

"앞장서겠소."

"그래."

백면이 먼저 나섰다.

광검과 그의 동생에게 빌려준 막사로 거침없이 걸어가며 백면이 슬쩍 기세를 올렸다. 운기를 하고 있을지도 모르니 일부로 존재감을 피운 것이다.

근처에 다가간 백면이 다시 말문을 연다.

"들어와."

하지만 그 이전에 먼저 안에서 목소리가 들렸고, 백면은 벌려졌던 입술을 닫았다. 안으로 들어가자 막사 정중앙의 푹신한 천 위에 광검과 그의 동생이 앉아 있었다.

무린이 먼저 광검의 앞에 앉았고, 무린을 중심으로 좌로 무혜와 여인들이, 우측으로 백면과 남궁유청이 앉았다.

자리에 다 앉자 바로 광검이 입을 열었다.

"정식으로 다시 인사하지. 위석호다. 가문은 그리 유명하지도 않았고 이미 불타 없어졌으니 밝혀도 모를 거야. 이쪽은 말했듯이 내 동생. 이번엔 친동생이지. 위운혜다."

"……."

위석호의 소개에 미오. 아니, 본명일 거라 예상되는 위운혜가 고개만 살짝 숙여 인사를 했다.

"말했듯이 내 동생은 말주변도 없고 말하는 것도 별로 안 좋아하니 이해해 줬으면 좋겠어."

"이해하오. 이쪽도 다시 소개하겠소. 진무린이오. 이쪽은 백면, 이분은 남궁유청 노사님. 그리고 내 친동생인 무혜, 만독문의 단문영, 제갈가의 려 아가씨, 그리고 검문의 이옥상 소저요."

"면면이 화려하군. 남궁세가에 제갈세가. 만독문에 검문이라… 후후."

무린의 소개에 위석호가 가볍게 웃었다.

그는 다시 천으로 눈을 가리고 있어 보이지는 않았지만, 아마 가려진 눈도 웃고 있을 거라 예상이 됐다.

미소는 어딘가 냉소적인 느낌이 강했다. 하지만 그렇다고 비웃음은 아니었다. 웃음 자체가 그럴 뿐, 그런데도 나쁜 의도는 보이지 않는 묘한 미소다.

그가 다시 입을 열었다.

"자, 소개는 됐고. 어디서부터 얘기할까……."

"당신의 정체."

백면이 뚝 끊고 들어갔다.

그리고 무린은 고개를 끄덕였다.
무린도 광검의 정체에 대해 궁금해했다.
점창이 연결되어 있기 때문이다.
"그게 궁금한가? 하긴, 그럴 만도 하지… 후후."
위석호는 그렇게 말하고 다시 웃었다.
이번에는… 좀 위험한 미소였다.
그리고 슬펐다.
자조가 섞여 있어서였다.

第百五十七章 광검, 마녀

"시작부터 본론이니, 나도 정답부터 얘기해 주지."

그렇게 말하는 그의 눈동자는 천에 가려 보이지 않았지만, 무린은 말 속에 섞인 자조와 슬픈 기색으로 어느 정도 감이 왔다.

애잔하게 변했을 것이라는 감이.

무린의 생각을 끊고 위속호가 다시 말했다.

"당신들이 마녀라 부르는 여인과 나, 그리고 내 동생은 남매다."

"……."

"……."

모두의 눈이 저절로 동그랗게 떠졌다.

입도 쩍 벌어졌다.

알기 쉬운 경악의 표정이다.

본론이라고 해서 나와 봐야 사형제간이라고 예상했던 무린이다. 그런데 남매지간? 하지만 이 부분은 무린도 생각했었다. 그래서 즉각 반문이 튀어나갔다.

"나이가 맞지 않을 텐데?"

"호?"

"마녀의 나이는… 알려지지도 않았다고 들었소. 적어도 이백 이상이란 말도 들었소."

"맞아. 누님. 아, 나에게는 누님이니 기분 나빠하지 말도록. 이게 싫으면 지금 나랑 한판 해야 할 거야. 다시 본론으로… 맞아. 누님의 나이는 많아. 이 땅에서 대체 몇 년을 있었는지 나도 제대로 들은 바가 없어."

"……."

"하지만 이건 확실하다. 우리는 남매라는 것. 첫째가 누님, 둘째가 나, 셋째가 남동생, 넷째가 여기 이 아이고 이렇게 넷이 사 남매다. 우리는… 피는 안 섞였다. 하지만 아주 오래전부터, 아주 먼 곳에서부터, 아예 다른 곳에서부터 연을 맺었다. 혈연? 그보다 우리가 더 진할 거야……."

"……."

이게 도대체…….

무슨 개풀 뜯어먹는 소린지 무린은 이해가 안 갔다.

'오래전부터? 먼 곳에서부터? 아예 다른 곳에서부터?'

감조차 안 잡혔다.

하긴, 감을 잡을 수 있을 리가 없었다.

마녀와 연관된 일이니까.

위석호의 충격적인 말에 무린과 함께 온 사람들은 전부 인상을 찡그렸다. 하지만 그렇다고 경거망동하지는 않았다. 무린이 있기 때문이다. 나서는 것도 무린이 나서야 했다. 이곳의 장으로 온 게 무린이니까.

그래서 백면도 가만히 있었다.

하지만 눈동자는 역시 차갑게 식어 있었다.

"무슨 소린지 하나도 모르겠소. 먼 곳에서? 옛날부터? 아예 다른 곳에서? 하나도 감이 안 잡히오."

"그렇겠지. 이해가 안 가는 게 당연하지. 후후후."

웃음에 역시 자조가 섞여 있었다.

이번에는 다시 처음의 냉소적인 웃음으로 돌아와 있었다.

"말한다고 이해도 못 할 거고, 그리고 믿지도 않을 거다. 우린 그렇거든. 존재 자체가… 글러먹었지."

그 말에 옆에 있던 그의 동생, 위운혜가 그의 소매 자락을 꼬옥 잡았다. 마치 그러지 말라는, 괜찮을 거라고 다정하게 감싸주는 것 같았다.

무표정한 얼굴로.

그러자 위석호가 동생의 머리를 한차례 쓰다듬어 줬다.

지금 모습은 영락없는 남매의 모습이다.

다시 시선을 돌리는 위석호.

"그래도 듣고 싶나? 이해할 자신이 있다면 말리지 않겠다."

"……."

무린은 잠깐 생각해 봤다.

얼마나… 대단한 얘기가 나올까?

이 정도 사람이 하는 말이 거짓일 리가 없었다. 분명 마녀라는 비상식의 존재에 대한 얘기이니 만큼 정말 허무맹랑한, 허황된 얘기가 나올 가능성이 높았지만 문제는 그게 진실일 가능성이 높다는 것에 있었다.

하지만 인간은 호기심의 동물이다.

그리고 그 호기심을 이기는 사람은 그렇게 많지 않았다.

무린이 입을 열려는 찰나.

"잠시만요."

"음?"

모두의 시선이 잠시만이라고 말문을 뗀 사람에게 돌아갔다.

단문영이었다.

그녀의 눈은 변해 있었다.

푸르른 눈동자가 굉장히 짙어졌고 미약한 빛까지 발하고 있었다.

왜?

'혼심의 운용?'

아니다.

무린은 자신의 감각을 자극하는 혼심을 느끼지 못했다. 그렇다면 다른데 이유가 있다는 뜻인데, 거기까지는 파악이 불가능했다. 알고 싶다면 알 수는 있다. 단문영과는 이제 서로 연결되어 있으니까. 하지만 무린은 그러지 않았다. 여인의 속내를 훔쳐보는 것 자체가 무린은 불쾌했기 때문이다.

단문영은 어둠을 밝히는 빛이 되어버린 눈동자로 위석호를 바라봤다. 노려보는 게 아닌 바라보며 입을 열었다.

"당신… 괜찮은가요?"

"나? 나 말인가?"

"네, 당신 뒤에……."

"호오… 보이나?"

"네. 당신도 알고 있나요?"

"그럼, 아주 잘 알지."

아…….

단문영.

상단을 무린보다 활짝 개방한 여인.

무린을 포함해 모두가 못 본 것을 그녀는 본 것이다.

위석호에게서.

아니, 정확하게는 위석호의 뒤에서.

위속호의 천 안의 시선이 단문영에게 정확하게 꽂혔다. 단문영은 위석호의 뒤를. 위석호는 단문영의 눈을 직시하고 있었다.

"뭐가 보이지……?"

위석호가 물었다.

"몽둥이를 든 요괴……."

단문영이 대답했다.

"그리고……?"

"쌍검을 든… 검사."

"……."

그 말을 들은 위석호는 침묵했다.

하지만 입가에는 지독할 정도로 냉소적인 미소가 깃들기 시작했다. 그러더니 입술을 질끈 깨무는 위석호.

동시에 기세가… 기파가… 살기가 퍼지기 시작했다.

반응은 즉각이었다.

백면과 남궁유청은 곧바로 일어나 검집에 손을 댔으며, 이옥상도 일어나 한 발자국 앞으로 나서 여인들을 가렸다.

무린은 가만히 앉아 있었다.

위석호.

탈각의 무인.

그리 쉽게 평정을 잃을 리가 없었다.

"오라버니."

그때 공기를 깨는 목소리.

위석호의 동생, 위운혜의 목소리였다.

"아, 미안……."

그녀의 목소리에 위석호는 정말이지 금방 평정을 찾았다. 살기 섞인 기파는 씻은 듯이 사라지고, 난처한 미소를 짓고 있는 위석호만 있었다.

"미안하군. 난처한 놈이라서… 통제가 쉽지 않아."

"아니오."

역시나…….

무린은 생각했다.

위석호 이자도 참으로 지랄 맞은 인생일 것 같다고.

"잠시 바람 좀 쐬고 오지."

"그러시오."

위석호와 위운혜가 나가고, 무린은 단문영을 바라봤다.

"귀신인가?"

"아니에요."

단문영은 바로 고개를 저었다.

그녀는 확실히 남들과는 달랐다.

그녀는 보았고 위석호는 물었다.

그녀는 답했고 위석호는 수긍했다.

즉, 그녀가 본 게 맞다는 말이고, 실제 위석호의 등 뒤에는 무언가가 존재한다는 말이었다. 다른 이들은 볼 수 없는, 인간이 아닌 존재를 말이다.

"몽둥이를 든 야차… 요괴."

"몽둥이를 든 요괴?"

"네. 굉장히 커요. 이 막사를 뚫고 나가 가슴 윗부분은 보이지도 않을 만큼……."

"……."

하아…….

역시나 상식 밖의 존재다.

이 광검 위석호의 존재도 말이다.

마녀와 남매라더니…….

참 가지가지 한다 싶은 무린이었다.

"쌍검을 든 검사는?"

"모르겠어요. 다만… 굉장히 비슷해요."

"비슷하다고? 누구와?"

"위석호, 그와요. 분위기도, 머리색도, 눈을 가리고 있는 것도, 전부 비슷해요. 심지어 외모도요."

"……."

미치겠군.

점입가경이다.

대체 뭔가.

광검 위석호의 정체는?

무린은 그냥 눈을 감았다.

* * *

안으로 다시 들어온 위석호의 표정은 한결 가라앉아 있었다. 다시 자리에 앉으면서 그는 좀 전의 일에 대한 사과를 했다.

"미안하군."

"아니오."

무린은 좀 굳은 표정으로 대답했다. 생각이 정리가 되질 않았다. 머리가 지끈거릴 정도였다. 그래서 무린은 차라리 그걸 알 필요가 없다고 생각했다.

"듣지 않겠소."

"음?"

"궁금하지만 듣지 않겠다는 말이오."

"아아… 현명하군. 후후."

위석호는 무린의 말에 가볍게 웃었다.

그런 위석호를 가만히 바라보다가, 무린은 다시 입을 열었다.

"이거 하나만 듣고 일어나겠소. 당신은 마녀와 한편이오?"

"누님과? 설마… 한편이었다면 내가 흑기사와 싸우고 있었을까?"

"……."

무린이 그 말에 침묵하며 가만히 위석호를 바라봤다. 좀 더 정확한 설명을 해달라는 뜻이었다. 아니, 설명보다는 관계를 명확하게 해달라는 쪽이 더 맞는 말이었다.

위석호도 그걸 느꼈는지 다시 천천히 입을 열었다.

"귀하가 내 정체에 대해 듣지 않겠다고 했으니 설명은 생략하지. 누님과 나는 적이다. 누님도 나를 죽이려고 하고, 나도 누님을 죽일 생각이지. 이건 변하지 않아. 이 자리서 맹세하지. 뭐하면 혈서라도 써드릴까?"

냉소적이면서도 진중한 어조라 무린은 고개를 끄덕였다.

'이 정도면 위석호의 마음을 충분히 알겠군. 그가 왜 마녀와 싸우려고 하는지는 사실 내가 알 필요도 없고.'

맞는 생각이었다.

각자의 이유가 있는 법이다.

남매라고 했다.

그러니 가족사가 된다.

그리고 그 자체로 사생활이다. 남의 사생활에 관심을 두는 건 사실 실례이기도 했다.

"걱정 말라고. 당신과 나는 아군이니까."

"걱정하지 않았소. 그리고 예전… 길림성에서의 일은 감사드리오. 정말 큰 은혜를 입었소."

"은혜는 무슨."

무린의 인사에 위석호가 손을 저었다.

"소향의 부탁이었지. 나도 소향에게 빚을 좀 진 게 있었거든. 하하. 그 값을 갚는 조건이 자네를 구해주는 거였지. 참, 구 아가씨는 정보력도 좋아. 자네가 위험한 걸 어찌 알았는지 모르겠어."

"개방이 함께할 거요."

"개방? 아아, 구파일방의 개방."

"그렇소."

"하지만 그래도 이해는 잘 안 가는 걸? 천기라도 짚나? 가니까 정말 자네가 딱 죽어가고 있던데?"

"거기까지는 나도 모르겠소."

"참 신기하단 말이야… 그 아가씨는. 아, 거기 소저가 천리통혜. 맞나?"

위석호가 갑자기 무혜를 바라보며 물었다.

"……."

무혜는 대답 대신 고개만 끄덕였다.

"미오야. 서신 줘라."

"네."

위운혜가 품에서 곱게 접힌 서신을 바닥에 내려놓고 쭉 밀었다. 무린이 손을 뻗으려고 하자 위석호의 목소리 들려왔다.

"천리통혜에게 직접 전하라고 하더군."

"알겠소."

무린은 서신을 들어 바로 무혜에게 건넸다.

무혜는 잠시 무린을 봤다가 서신을 품에 갈무리했다.

"소향은 지금 어디 있소?"

"몰라. 바람 같은 아가씨라서… 후후."

"음, 검란 소저와 함께 하고 있소?"

"그래, 그리고 워낙 귀중하신 몸이라 몇 명 더 붙어 있지."

무린은 고개를 끄덕였다.

소향.

마녀와 대항하는 세력에서 중추적인 역할을 하는 책사다. 전대 문성이신 한명운 선생의 유지와 공부를 온전히 이어받은 재녀 중의 재녀다.

무혜가 병법과 계략이 능하다면, 소향은 전체적인 그림을 아주 세세하게 짜는데 능하다 할 수 있을 것이다.

비슷하지만, 궤가 다른 두 사람이다.

하지만 그래도 두 사람 다 중요하다.

그러니 소향과 같이 있는 자들도 결코 범상치 않은 인물일 것이다.

예전에 장백산에서 봤던 사내와 최소 비슷한 경지를 이룬 무인들. 특히 그중 검란 소저의 검은 압권이다. 화산의 정기를 고스란히 이어받은 검객이고. 지금의 무린조차 검란 소저와 검을 맞댄다 하면 승리를 감히 자신할 수 없을 정도였다.

그럴 수밖에 없었다.

무린이 북방에 있던 시절.

그때도 이미 검란 소저는 탈각의 경지를 이뤘을 테니까.

'걱정 안 해도 되겠어.'

무린은 다시 위석호에게 물었다.

"소향이 구축한 세력은 어느 정도요?"

중요한 질문이었다.

마녀의 세력은 엄청나다고 들었다. 구파일방은 물론 배화교와 검문, 그리고 석가장까지 숨을 죽이고 세력을 키울 정도로. 그러니 어지간한 세력으로는 상대도 못할 것이다.

"그건 모르겠고 소향을 지지하는 사람들은 알고 있지. 명

황제, 구파일방, 배화교, 검문, 석가장. 그 외에 신비문 몇 개가 있다고 들었지만 이들의 이름은 나도 들어본 바가 없고."

"음."

적지 않은 세력이다.

아니, 이 정도면 강호일통이 아니라 대제국을 세울 수 있을 것이다. 하지만 왜일까. 무린은 이걸로도 부족하다 느껴졌다.

"본거지는?"

"없다. 소향이 떠도는 걸 보면 모르나?"

"소향과 연락은 어떻게 하고 있소?"

"소향이 직접 해오지. 내가 한 적은 없어."

"음……."

사실 소향과 다시 한 번 만나서 얘기를 나누고 싶었다. 하지만 어디 있는지 모르니 연락할 길이 없다. 북풍상단이나 개방을 한 번 찾아가야 할 것 같았다.

무린은 다시 질문했다.

"마녀의 세력은 어느 정도인지 파악하고 있소?"

"아니. 이건 소향도 모르더군. 나도 모르고. 대체 얼마나 많은 세력을 모았는지는 아직까지 아무것도 밝혀진 게 없다."

"최악이군……."

"그래, 최악이지."

적의 규모를 모른다.

무린이 아는 건 마녀와 오늘 싸웠던 마녀의 수하 둘이다. 그게 끝이다. 하지만 그 밑으로 무수히 많은 세력이 있을 것이다.

등골을 타고 소름이 돋고 식은땀이 흘렀다.

"앞으로 어떻게 할 생각이오? 따로 들은 건 없소?"

"없다. 나는 나대로 움직일 생각이야. 귀하도 귀하대로 움직이면 되겠지. 만약 필요한 일이 생기면 소향이 직접 연락할 것이고."

"알겠소."

무린은 그 대답을 듣고 자리에서 일어났다.

이제 물어볼 건 다 물어봤다.

위석호의 정체는 애초에 묻지 않기로 했으니 더 이상 물어볼 건 없었다. 확실하게 마녀와 적이라는 것도 알게 됐으니 손속을 겨룰 필요도 없었다.

무린이 밖으로 나오자 저 멀리 있던 장팔이 다가왔다.

"주변 상황은?"

"주기적으로 연락이 오는데 큰 이상은 없습니다. 적진도 조용하다고 합니다."

"그래? 이상하군."

"네?"

"왜 버티고 있는지를 모르겠단 말이야. 이미 승부는 결정이 났다. 그런데 왜 남아 있지? 다 죽고 싶어서 그런 건가?"

무린은 사실 이게 이해가 안 갔다.

자신이라면 뒤도 안 보고 도망쳤을 것이다.

현재 마도와 정도의 세력만 본다면 이건 결코 답이 없는 상황이다. 이미 제갈가의 금검대, 황보가의 명왕대가 합류함으로써 오가 중 삼가의 주력이 모였다. 게다가 원군도 더 오고 있는 상황.

그러니 도망쳐야 하는 게 답이다.

있어 봐야 절대 정도 삼가의 주력을 막지 못할 테니까.

"믿는 구석이 있나 봅니다. 하하하!"

"믿는 구석?"

장팔의 너털웃음에 무린이 순간 그 말을 따라 하다가, 흠칫했다. 갑자기 등골이 서늘해지는 기분이었다.

왜 생각하지 못했을까?

바로 시선을 돌려 무혜를 바라보자, 무혜의 얼굴도 딱딱하게 굳어 있었다. 너무 간단한 걸 놓쳤다.

인간이니 실수는 한다.

하지만 이런 상황에 실수는 그냥 넘어갈 수가 없었다.

"다 모이라고 해라. 주변 경계 더 철저하게 시키고."

"네!"

무린은 급히 막사로 돌아갔다.

아 진짜… 하루가 너무 길다. 길어도 정말 너무나 길다.

무린이 들어가고 얼마 되지 않아 비천대 조장들이 속속들이 모여들었다. 채 일다경이 안 되어 다 모이자 무린은 딱딱하게 굳은 얼굴로 입을 열었다.

"적의 증원이 있을 것이다."

있을 것 같다, 도 아닌 있을 것이다.

확신이었다.

第百五十八章 증원(增援)

하아…….

무린의 입에서 한숨이 나왔다.

"왜 놓쳤을까 싶다. 이런 멍청한……."

"죄송합니다."

무혜가 즉각 고개를 숙였다.

"군사의 예측은 어떻지? 증원. 적이 물러가지 않고 저리 버티는 데에는 증원밖에 없다는 생각이 든다."

"동의합니다. 몇 번을 생각해 봐도 그것밖에 없습니다."

"그렇군."

"그리고 실제 구양가는 아직 큰 피해를 입지 않았다고 들었습니다. 맞는지요?"

"장팔."

무혜의 물음에 무린이 장팔을 불렀다.

장팔이 그 부름에 즉각 입을 열어 대답했다.

"네, 확인 결과 큰 피해는 역시 없었습니다."

"그렇다는군."

구양가도 건재하다.

무린이 상대해서 잡은 구양가의 무인은 사실 몇 안 된다. 여섯? 일곱 정도? 곰곰이 생각하던 무혜가 장팔에게 다시 물었다.

"수는 몇이나 되는지요?"

"적어도 육십에서 칠십으로 보고 있습니다."

"음……."

적지 않은 숫자다.

구양가 무인 스물 정도면 웬만한 오가의 검대 하나와 비슷하다. 아니, 지형지물만 잘 이용하면 오히려 훨씬 위력적이다. 하나하나가 전부 절정의 무인이라 그렇다. 백면이나 남궁유청 정도의 무인 스물이 벽을 등지고 전투를 벌이면?

창천대가 와도 그건 못 잡는다.

누누이 말했다시피, 절정의 무인과 일류의 무인은 격 자체가 다르다.

일류 서넛이 덤벼든다고 절정의 무인을 상대할 수 있을까?

못한다.

"좋지 않군. 이겼다고 너무 마음을 놓고 있었어."

"킬킬, 자만했던 게지. 킬킬킬!"

"확실히 그랬어. 대주가 너무 강해져서 돌아오니 안 그럴 수가 있나! 하하!"

제종과 갈충의 대화.

웃고는 있지만 자책의 웃음이었다.

"군사."

"네."

"적의 증원이 온다면 예상 가능한 병력은?"

"잠시만 시간을 주십시오."

"그래."

무린은 주변을 둘러봤다.

"너희들도 생각해 봐라. 중요한 일이다. 여기서 끝나느냐. 아니면 다시금 처절한 전투를 치르느냐가 달렸다."

희생이 있을지도 모른다는 소리다.

다 끝난 마당에 다시 희생이 난다면 당연히 기분이 좋을 리가 없었다.

"내가 너무 안일했어. 세상일이 내 뜻대로 돌아가는 게 아니거늘…….”

무린의 입에서 자조 섞인 말이 나왔다.

무린답지 않은 말이었다.

그에 비천대 조장들의 얼굴도 딱딱하게 굳어갔다. 사태 파악이야 진즉에 하고 있었지만, 사안이 생각보다 훨씬 중대하다는 걸 다시 자각한 것이다.

무혜의 생각은 길게 이어졌다.

“오늘 하루는… 무척이나 길군.”

“그러게 말이오. 도무지 쉴 틈이 없구려.”

골을 짚으며 하는 무린의 말에 백면이 동의했다. 전투에 전투, 생각에 또 생각. 하루 동안 도대체 무슨 일이 이렇게 일어나는지 정신이 없을 지경이다.

무린은 정말로 두통까지 느꼈다.

뒷골에서 뻐근하고 콕콕 찌르는 따끔한 통증이 느껴졌다.

너무 많이 머리를 써서 생기는 증상이었다.

“일단…….”

무혜가 입을 열었다.

무린은 머리를 털고 무혜를 바라봤다.

“혈사대가 있습니다.”

“혈사대?”

“예. 그들은 빠릅니다. 기마대라는 장점이 있으니 저희처럼 산동 쪽에서 전력으로 달리면 이곳에 당도하는데 얼마 안 걸릴 겁니다."

"음……."

혈사대.

어찌 잊겠나.

비천대의 첫 출격에서 부딪친 게 바로 혈사대였는데.

그리고 혈사룡도 기억이 남는다.

"하지만 흔적은? 그랬으면 관부든 어디든 바로 연락해 왔을 텐데?"

제종의 말이었고.

"멍충이가! 하오문을 잊었나?"

갈충의 말이었다.

그 말에 제종은 아… 하고 바로 입을 닫았다. 무혜가 고개를 끄덕이며 부연 설명을 했다.

"애초에 적의 이동을 잡기가 요원합니다. 우챠이의 친위대처럼 말이지요."

"그렇겠군."

무린은 고개를 끄덕였다.

확실히 무혜의 말처럼 혈사대가 온다면 얘기가 완전히 달라진다. 또다시 기마대다. 그들이 오면 비천대가 나설 수밖에 없었다.

이전 우챠이의 친위대를 맡았던 것처럼 전담으로 상대해야 할 것이다. 그럼 또 다시 피해가 난다.

"더 있습니다."

무혜의 말은 아직 끝나지 않았다.

"더 있다고?"

무린이 보자 무혜는 고개를 끄덕였다. 무린의 얼굴은 더욱 더 굳어갔다. 굳는 무린의 얼굴을 한차례 보고 무혜는 다시 옆에 앉아 있는… 단문영의 얼굴을 보았다.

"만독문."

"……."

"……."

아…….

맞다.

만독문.

"그들은 전력을 그대로 보존하고 있다고 들었습니다."

"단문영이 만독문의 파훼법을 알려줘서 그냥 물러났지."

"예. 그들도 이곳으로 오고 있을 가능성이 높습니다."

"이런……."

만독문은 전력을 보존했다.

사천당문이 단문영에게 받은 파훼법으로 상대를 하자 곧바로 뒤도 안 보고 물러났다. 그 후 사천당문은 포달랍궁과

자웅을 겨뤘고, 싹 밀어냈다. 그런데 문제는 만독문이 그냥 돌아간 게 아니라 이곳으로 향하고 있다면?

"독은 껄끄러운데……."

"독보다 더 껄끄러운 게 있지."

"뭐가… 아, 그렇군. 후우, 이거 골치 아프군."

제종과 갈충의 대화는 모두가 금세 이해했다.

만독문의 독은 골치 아프다.

독이니 당연하다.

무색무취의 독은 정말 상대하기가 쉽지가 않았다. 하지만 그것보다 더욱 골치가 아픈 건… 바로 단문영이다.

만독문의 장녀.

즉, 만독문은 그녀의 가문이다.

피가 이어진 혈연이란 소리다.

"……."

단문영의 얼굴에 표정의 변화는 없었다.

정말 일체의 변화 없이, 오직 바닥을 바라보고 있었다. 하지만 표정의 변화가 없을 뿐이지, 이미 그녀는 행동 자체에 변화를 보이고 있었다. 바닥을 바라보고 있다는 것 자체가 그 증거였다.

그런 단문영을 보던 무린이 무혜에게 다시 물었다.

혈사대는 그렇다 치자. 하지만 만독문은 무린으로서도 껄끄러웠다.

"만독문이 이리로 올 가능성은?"

무린이 무혜에게 물었다.

사실 무린은 물으면서도 알고 있었다. 무혜가 이렇게 말했다는 것은, 거의 십 할에 가깝다고 스스로 결론을 내렸다는 것임을.

하지만 알면서도 물을 수밖에 없었다.

이번만큼은 무린도 정말이지… 마음이 약해졌다. 그런 무린의 기색을 읽었는지, 무혜도 단문영을 힐끔 보고는 잠시 머뭇거렸다. 그러다 이내 한숨을 포옥 내쉬고는 입을 열었다.

"십중 구 할입니다."

"……."

십중 구라.

그렇다면 거의 십에 가깝다.

정말 천운 정도는 따라줘야 자신의 생각이 틀렸다는 게 증명된다는 소리다. 무린은 고개를 절레절레 저었다.

십중 구라고 말한 것도 어쩌면 무혜의 배려일 것이다. 적의 증원이 있다고 가정한다면 사실… 마도육가밖에 생각할 수 있는 게 없다. 마녀는 움직이지 않는다. 그렇다면 북원의 군세와 마도육가가 끝이다.

이곳으로 증원오기에 가장 적당한 마도가는? 당연히 만독문과 기병대인 혈사대다.

"미치겠군. 군사."

"예."

"방법을 찾아라. 만독문과는 결전을 피한다."

"……."

그 말에 비천대 조장들의 시선이 무린에게 꽂혔다. 전혀 무린답지 않은 결정이었기 때문이다. 그에 무린은 그 눈빛들을 전부 담담하게 받아 들였다. 무린은 그중에서도 자신을 놀란 눈으로 바라보고 있는 단문영의 눈에 시선을 맞췄다.

"단문영은 비천대원이다. 만독문은 비천대원의 본가다. 더 설명이 필요한가?"

"……."

"……."

무린의 말은 핵심을 꼬집는 말이었고 더 이상 말을 꺼내지 못하게 하는 말이었다. 반론조차 허용치 않는 그런 완벽한 말이기도 했다.

"후후, 하하하! 하하하하하!"

백면이 시원시원하게 웃었다.

기분 나쁜 감정은 전혀 들어 있지 않고, 오히려 말 그대로 시원시원한 기운이 가득 들어 있는 웃음이었다.

한차례 대소를 터트린 백면이 웃음을 겨우 멈추고 말했다.

"내 이래서 진 형을 좋아하오. 사려가 깊은 이 부분. 내 예전부터 나에겐 없는 부분이라 참으로 부러웠었소. 하하하!"

"별말을 다하는군. 군사."

"예."

"방법이 있겠나?"

"좀 더… 생각해 봐야 할 것 같습니다."

"꼭 생각해 내게. 네게 부담이겠지만… 이건 명령이다."

"예."

무린의 강압적인 말에 무혜는 조금의 주저함도 없이 대답했다. 얼굴 표정을 봐도 결코 기분 나빠하는 표정은 아니었다. 무린은 무혜가 생각에 잠기자 다시 막사 안의 사람들을 둘러봤다. 한 사람, 한 사람씩 전부.

려에게서 시선이 딱 멈췄다.

려는 미소 짓고 있었다.

이해한다는 뜻 같았다.

무린은 말없이 고개를 끄덕여 줬고 려의 미소는 좀 더 진해졌다. 아마 무린의 의중과 진심을 고스란히 받은 것 같았다.

무혜의 생각은 길지 않았다.

"방법은 하나밖에 없다 생각됩니다."

"말해봐라."

"선공."

"선공? 아아……."

"예, 기습입니다."

기습이라…….

길림성에서 질리게 했던 게 기습 아니던가? 기습은 비천대의 또 다른 특기라고 할 수 있는 전략이다.

"그거… 좋군."

무린의 입가에 미소가 삭삭 피어올랐다. 다른 비천대 조장들의 얼굴은 말할 것도 없었다. 미소. 살기등등한 미소가 막사 안에 가득 피었다.

*　　　*　　　*

하지만 선행되어야 할 게 있었다.

"저희만으로는 안 됩니다. 남궁세가와 제갈세가, 황보세가의 전력이 같이 움직여야 합니다."

"당연히 그래야겠지. 장팔, 태산, 윤복."

네!

짧고 굵은 대답.

"가서 중천 형님과 금검대주, 명왕대주를 모셔 와라. 내가 긴히 보자고 하면 바로 따라 나설 것이다."

네!

셋이 일어나서 바로 나갔다.

무린은 다시 모두를 바라봤다.

"미안하다. 대주로서 생각이 너무 짧았어. 이런 사소한 것을 놓쳐서야… 하마터면 큰 위험에 다시 봉착할 뻔했다. 모두 내 불찰이다."

무린은 공과 사는 확실하게 구분했다.

제아무리 군사가 있다 하더라도 모두 군사에게 맡겨서야 어디 장이라고 하겠나. 스스로도 끊임없이 생각해야 했다.

그런데 무린은 이 중요한 건 생각 안 하고 다른 것만 생각했다. 물론 그게 잘못되진 않았다.

무린에게 전부 중요한 일들이었다.

하지만 가장 최우선은 역시 현재다.

비천신기, 마녀. 이런 부분보다 역시 소요진에 대한 현재를 생각했어야 했다. 그런데 안 했다. 조금만 했어도 답이 나왔을 것을.

"죄송합니다. 군사인 제가… 놓쳤습니다."

무혜 역시 자리에서 일어나 고개를 숙였다.

분위기가 무거워지고 있었다.

이런 분위기를 제때 막아줄 사람은 역시 백면이다.

"그만들 하시오. 그렇게 따지면 여기 있는 우리는 골백번 사죄해도 부족한 사람들이오."

"허허, 맞아. 어디 한두 개여야지… 이 늙은 것도 한 번 내 잘못을 사과해 볼까?"

남궁유청도 그렇게 백면의 말을 두둔했다.

다른 비천대 조장들도 말은 안 했지만 모두 고개를 끄덕였다. 그렇게 분위기가 흘러가자 단문영이 조용히 말했다.

"진 대주와 군사의 공은 비천대 공의 반 이상을 차지하고도 남아요. 그러니 사과 말고 현실적인 부분을 얘기하도록 해요."

털어낸 걸까?

단문영의 목소리는 평소와 다름이 없었다. 무린은 고개를 끄덕였다. 백면의 말도, 남궁유청의 말도, 단문영의 말도 맞았다.

더 이상 이 얘기를 꺼내는 건 아니라 생각했고, 본론을 얘기하려다가 아직 와야 할 사람들이 오지 않았다는 걸 상기하고 다시 입을 닫았다. 슬쩍 옆을 바라보자 무혜는 눈을 감고 골몰히 생각에 잠겨 있었다.

아마 기습 작전을 정리하고 있는 것 같았다. 무린도 눈을 감았다.

반각 정도 지나자 막사의 휘장이 열리며 일단의 무리가 우르르 들어섰다. 당연히 비천대 조장들과 중천, 황보악과 그의 남매들, 그리고 금검대주 제갈명이었다.

그들이 들어서자 비천대 조장들은 자리에서 일어나 무린의 뒤로 자리를 잡았다. 무린의 옆으로는 무혜와 백면, 남궁유청만 앉아 있었다. 려와 단문영도 무린의 뒤로 자리를 옮겼다.

중천이 무린의 정면에, 나머지는 각각 좌우에 자리를 잡고 앉았다. 그들이 전부 자리에 앉자 무린은 무혜를 바라봤다.

설명을 시작하라는 뜻을 담고서.

무혜가 그 눈빛에 고개를 끄덕이더니, 심호흡을 한 번 내쉬고는 설명을 시작했다.

“적의 증원이 있을 거라 예상됩니다.”

“증원?”

“원군이 온다는 말씀입니까?”

말이 나오자마자 바로 반문이 날아왔다.

중천과 황보악이었다.

한천검은 역시 조용히 듣기만 했다.

무혜는 고개를 끄덕이고 부연설명을 더 넣었다.

“이미 오늘 전투에서 저들은 저희에게 대패를 했습니다. 병력의 반 가까이를 잡은 대승리지요. 그런데 어쩐 연유에서인지 적들은 물러나지 않고 있습니다. 다시 붙으면 필패임을 알고 있을 군사도 있는데 말입니다. 그렇다면 역시 이유는 하나입니다.”

"그게 원군이란 말이지?"

"예, 그렇습니다."

무혜는 중천의 되물음에 단호하게 대답했다.

이쪽은 정보가 하나도 없었다. 갈충으로부터도, 북풍상단을 통해서도 정말 하나도 들어오지 않았다. 그런데 어떻게 확신하느냐 묻는 다면 그건 정말 멍청한 질문이다. 꼭 확실한 무언가가 있어야만 그게 진실이 되지는 않는다. 아무것도 없어도 필연적으로 그렇게 흘러가는 게 있다. 지금이 그렇다.

솔직히 말해 적이 도망가지 않는 이유는 증원을 빼면 정말 하나도, 아무것도 남아 있지 않았다.

"음… 마도육가의 지원이냐?"

"그럴 거라 예상됩니다. 아마도… 혈사대와 만독문이겠지요."

"혈사대와 만독문이라… 이거 골치 아프군. 안 그래도 좀 전에 세가 내에서도 그에 대한 얘기를 하고 있었다. 혹시 적의 원군이 근처에 있는 건 아닐까 하는 얘기를 말이다."

"그렇습니까?"

"그래, 하지만 확신은 못하고 있었지. 아무것도 정보가 없었기 때문이다. 하지만 무혜, 네 얘기를 들으니 확실하구나. 네가 그렇게 생각했다면 맞는 거겠지."

"……."

무혜에 대한 무한한 믿음이다.

하긴, 무혜 덕분에 오늘 전투에서 대승을 거뒀으니 무혜의 말이라면 돌이 금덩이라고 해도 믿는 시늉을 할 것이다.

"혈사대라… 안 좋은데."

황보악이 듣고만 있다가 중얼거렸다.

그에게 시선이 몰리는 건 당연했고, 황보악은 그 시선을 한 몸에 받고도 아무렇지 않게 다시 입을 열었다.

"차라리 혈사룡이 이끄는 혈사대면 괜찮은데… 혈사대주가 이끄는 혈사대면 정말 쉽지 않을 겁니다."

"아… 그렇군."

황보악의 말에 중천은 고개를 끄덕였다.

그러나 무린은 이쪽에 대한 정보가 없어서 무슨 말인지 몰라 살짝 눈살을 찌푸렸다. 그걸 본 황보악이 설명을 시작했다.

"혈사룡은 혈사대주의 아들입니다. 이쪽의 세가 쪽으로 치자면 소가주의 위치입니다. 지금 혈사대는 그를 위해 따로 양성된 혈사대입니다. 그러니 진짜 정예는 따로 있습니다. 바로 혈사대주가 이끄는 혈사대입니다."

"음……."

무린은 고개를 끄덕였다.

맞다.

혈사룡은 마도육가로 보기에 어딘지 부족했다. 아직 단련이 되지 않았던 비천대와도 호각이었다. 만약 지금의 비천대와 붙는다면? 비천대의 필승이다. 그만큼 혈사룡의 혈사대는 타인의 기준으로는 대단했지만, 무린의 기준으로는 크게 대단치 않았다. 물론, 지금에 와서는 말이다. 그러니 마도육가에 들기에는 부족해 보였다.

"원래 따로 두 부대로 운용한다는 말씀인가요?"

무혜가 물었다.

그러자 황보악은 고개를 천천히 끄덕였다.

"이런……."

이렇게 되면… 애초에 전부 잘못 생각한 게 된다.

"그들의 전력을 지금 저희 비천대와 따지자면 어느 정도인가요? 아니면 소전신의 친위대와요."

"최소 친위대와는 동급일 겁니다. 비천대보다는… 조금 아래겠군요. 하지만 그들은 지금 비천대보다 수가 많습니다. 혈사대의 기본 부대 수가 정확하게 사백하고 사십사 명입니다."

"사백사십사 명……."

수가 어마어마하게 차이가 난다.

이제 비천대는 백이 조금 넘는다.

이건 차이가 굉장히 컸다.

틈이 너무 커서 어디서부터 매워야 할지 모르겠을 정도로 격차가 컸다.

"혈사대주의 무위는 어느 정돈가요?"

"절정의 끝이라 알려졌습니다. 진 대협보다는 확실히 아래일 겁니다. 혈사대주는 본래 자랑하기를 좀 좋아합니다. 만약 절정을 넘었다면 분명 그걸 뽐내기 위해 한 번쯤 중원에 나섰을 겁니다. 하지만 그런 적은 없으니 아직은 절정일 것이라 예상됩니다. 혈사대주의 무위는… 최소 저와 동급. 하지만 경험이 녹녹치 않으니 저도 조금은 밀릴 거라 생각됩니다."

자세한 설명이었다.

불행 중 다행이다.

하지만 병력의 수가 너무 부담스럽다.

"그보다 만독문도 무시할 수 없을 것 같습니다."

조용한 목소리.

나직해서 그런지 서늘함이 들어 있는 목소리. 금검대주, 한천검 제갈명이었다. 그는 무린과 무혜에게 존칭을 썼다. 당연한 일이었다. 무린이 문야의 제자이니 말이다. 배분에서 차이가 나니 그의 존대는 당연한 일이었고, 무린도 지금만큼은 자연스럽게 받았다.

"만독문은 신경 안 쓰셔도 됩니다. 만날 일이 없을 테니까요. 혈사대도 마찬가지입니다."

무혜가 대답했다.

그 말에 세 사람의 눈이 동그랗게 떠졌다. 연유를 모르는 당연했다. 적의 증원이 있을 거라 하더니 만날 일이 없다고?

무혜가 말을 툭 하고 꺼냈다.

"기습을 제안합니다. 지금 즉시."

"……."

"……."

"……."

목표는 구양가다.

적의 증원이 와도 구양가가 없으면 말짱 도루묵이다. 아니, 와주면 오히려 좋다. 그냥 각개격파해 버리면 되니까.

무혜는 그 사실을 셋에게 주지시켰다.

"어차피 적의 증원이 오는 이유도 저 어둠 너머 구양가가 아직 존재하기 때문입니다. 그들이 물러서지 않은 이유는 증원과 힘을 합쳐 다시 한 번 자웅을 겨룰 생각이겠지요. 그러니 구양가만 궤멸시키면 됩니다. 그럼 구심점은 사라질 것이고 오히려 목적을 잃었기 때문에 혈사대도, 만독문도 갈 길을 잃어 해맬 겁니다. 그때가 되면 오히려 상대하기 쉽습니다. 물론 뭉치면 더 상대하기 어려워지겠지요."

"음……."

"……."

"……."

중천은 나직하게 신음을 흘렸고, 둘은 침묵했다.

무혜는 그런 셋에게 쐐기를 박았다.

"만약 찬성하지 않으신다면 저희 비천대는 이 시간부로 소요진을 이탈하겠습니다. 괜히 적의 대병력과 싸워 다시금 자웅을 겨루고픈 마음은 없으니까요. 비천대는 목적이 있어 이곳에 왔지, 정도의 협에 따라 이곳에 있는 게 아님을 알아주십시오."

날카롭다 못해 뾱! 하고 심장에 틀어박힐 소리였다.

비천대가 빠지면 당연히 무린도 빠진다.

이곳 소요진에 있는 모든 정도의 무력.

그걸 사등분했을 때 홀로 일각을 맡을 무린이 빠지면 그 구멍은 그 어떤 것으로도 메울 수가 없을 것이다.

남궁무원이 나선다면 메워지겠지만, 모두가 알다시피 남궁무원은 이 싸움에 나서지 않는다. 그가 이곳에 있는 것도 전부 무린 때문이었다. 무린이 떠난다면 남궁무원도 당연히 떠날 것이다. 그건 확신할 수 있었다.

"진심이냐."

중천은 낮은 목소리로 물었다.

노기(怒氣)가 섞여 있는 얼굴과 말투였다.

그러나 무혜는 눈 하나 깜빡하지 않았다.

"물론입니다. 비천대가 이곳에 와서 흘린 피도 상당합니다. 올린 공도 물론 상당합니다. 누가 저희를 뭐라 할 것입니까? 그리고 저는 지금 이 소요진의 전쟁을 좀 더 빠르게 끝낼 수 있는 작전을 설명하고 있습니다. 그걸 마다하고 힘든 싸움을 하겠다는데 굳이 저희가 그런 싸움에 낄 이유가 없습니다."

"……."

중천은 무혜의 말에 대답하지 못했다.

다만 여전히 노기 서린 눈빛으로 무혜를 바라봤다.

슥.

무린의 손이 들어왔다.

"그만."

시선들이 전부 무린에게 몰렸다.

"비천대의 목적은 전우의 복수밖에 없소. 우리는 의와 협으로 움직이지 않소. 그건 잘 알고 있으리라 생각하는데."

예전이라면 스승님 때문이라도 이렇게는 얘기 안 했을 것이다. 하지만 지금은 무혜의 발언에 힘을 실어줘야 할 때다.

그래서 무린도 쐐기를 박았다.

"군사의 의견에 반대하겠다면 비천대는 빠지겠소."

"……."

"……."

"……."

통보였다.

후우…….

짧은 침묵 뒤에 중천의 입에서 한숨이 나왔다. 무혜의 말을 거절할 수가 없다는 걸 느꼈기 때문이다. 그런데 사실 이걸 생각하는 것도 웃기는 상황이다. 무혜는 지금 최선의 상황을 만들어주려 하고 있었다. 거절할 필요가 없었다.

그냥 넙죽! 덥석! 받아먹으면 땡이다.

뭐가 문젠가?

"무슨 문제가 있소?"

"후우… 아니다. 그래, 남궁세가는 동의하지."

중천이 무린의 질문에 그리 대답하자, 황보악과 제갈명도 고개를 끄덕였다. 둘이야 마다할 이유가 없었다.

전쟁을 빨리 끝내주겠다는데.

그것도 이제는 희대의 군사라 칭해도 결코 부족하지 않을 천리통혜, 진무혜가 직접 나서서 말이다.

"그럼 다 동의하신 걸로 알고 작전 개요를 설명하겠습니다."

무혜는 그렇게 말하고 크게 심호흡을 한 번 했다.

그 이후 무혜의 입에서 작전에 대한 설명이 줄줄 흘러나오기 시작했다. 짧은 시각 안에 짠 작전이라고는 생각할 수 없을 정도로 탄탄하고 촘촘한 작전이었다. 숨소리 하나 들리지 않았고 모두가 고개만 끄덕거리기 바빴다.

천리통혜가 왜 천리통혜라 불리는지를 보여주는 작전. 길림성에서 질리게 했던 기습전이라 무혜는 더욱 자신이 있었다.

무혜는 말이다.

수성, 방어보다는 공성, 기습이 사실 더욱 체질에 맞았다. 가만히 앉아서 당하는 걸 무혜는 참으로 싫어했다. 그건 당연히 어릴 적 어머니와 무린의 사건 때문이었다. 한이라는 응어리가 가슴속에 자리 잡고 그렇게 무혜를 변하게 만든 것이다.

반 시진.

무혜의 작전 설명이 끝나고 막사는 조용히 비워졌다.

第百五十九章 기습(奇襲)

미시 중순.

칠흑의 어둠이 소요진을 감았다.

달조차 구름에 가려 빛이라고는 한 점도 볼 수 없을 정도였다. 그러나 그 어둠 속에서 소요진을 벗어나려 움직이는 일단의 무리가 있었다.

사사사삭.

순식간에 언덕을 넘어 숲 속으로 사라지는 흑의 무리.

비천대였다.

비천대는 숲 속으로 깊숙이 들어오고 나서야 이동을 멈췄다. 그 후 숲과 완전히 동화를 시작하는 비천대.

후득.

무린이 섰던 근처의 나무의 잔가지에서 눈덩이가 아래로 떨어졌다. 삭. 그걸 무린은 손을 뻗어 손바닥으로 받았다. 미약한 소리도 적이 근처에 은신하고 있다면 바로 알아차릴 것이라 생각해서 나온 행동이다.

극히 예민하게 서 있는 감각에 따르면 현재 주변에 적은 없지만 혹시 모를 일이다. 비인의 살객이 특이한 방법으로 숨을 완전히 죽이고 숨어 있을지.

슥.

무린이 손을 들었다.

그리고 빠르게 기습전의 수신호가 오갔다. 어둠 속이지만 이미 어둠은 예전에 극복한 비천대다. 모두 확인했을 거라 생각하고 무린이 천천히 움직이기 시작했다.

사악.

사악.

눈으로 걷는데도 뽀득거리는 소리가 나지 않았다. 이런 움직임은 이미 북방에서 체득했다. 물론 그때는 완전히 소리를 죽이지 못했었다. 하지만 지금은 가능하다. 내력의 도움과 무풍형의 도움으로다.

무린의 이동은 신중했다.

기감을 극한으로 열어 주변에 은신한 적이 있는지 없는지, 그리고 지형지물을 파악하면서 이동했다.

기습은 몰래 해야 하니 기습이다. 적에게 걸리는 순간 그건 기습이 아니니다. 그냥 전면전일 뿐이다.

비천대가 맡은 임무는 후방이다. 후방에서부터 찔러 들어가 적을 흔드는 것. 물론 혼자 들어가지는 않는다. 앞에서 소란이 일어나는 직후, 그때 들어간다.

그럼 적진의 중앙으로 바로 뚫느냐.

그것도 아니다.

비천대는 선회한다. 유려하게 선을 그리면서.

그렇게 진형의 우측으로 빠져나오면 반대쪽 정면으로 비천대의 전마가 마중을 나와 있을 것이다.

그럼 비천대가 왜 처음부터 말을 타지 않느냐.

비천대의 움직임 자체를 미끼로 삼는 것이다. 말에 타지 않았다! 말에 타지 않은 비천대는 무섭지 않다! 기병이 말에서 내리면 보병이 된다. 아니, 보병보다 못한 오합지졸이 된다는 건 상식이다. 적군의 군사는 분명 그렇게 생각할 것이다. 어떻게 장담하느냐? 무혜는 자신이라도 그럴 거라 했다. 그러니 그 상식을 이용해 적을 끌어들여 밖으로 빼내고 이후는 당연히… 온전한 비천대로서 움직인다.

이미 비천대가 나오면 적진은 혼란에 빠질 것이라 무혜는 예상했다. 혼란은 삼면에서 들어가는 남궁세가, 제갈세가, 황보세가 무인들을 도울 것이다.

비천대는 그 이후 잔학한 궤멸전을 펼친다.

이게 무혜의 작전이다.

걸려도 상관은 없다고 했다. 바로 뒤로 빠져 그냥 기마에 올라타고 작전을 수행하면 된다. 비천대가 걸리는 경우, 압박전이 시작된다. 압박전 이후 맹공.

힘으로 깨부수라고 무혜는 명했다.

하지만 이 경우 당연히 피해는 많이 나올 것이다. 왜? 비천대가 후미부터 뚫어 혼란을 만들어내지 못하기 때문이다.

그렇기 때문에 무린의 전진은 굉장히 신중했다. 일다경에 십 보를 움직일까 말까였다. 극한으로 끌어올린 기감을 믿고 전진하는 무린.

비천대도 그런 무린의 뒤를 극히 조심히 따르고 있었다. 일각, 이각, 반 시진. 걸음과 다르게 시각은 금방 흘러갔다.

추운 겨울임에도 땀을 비처럼 쏟아졌다.

심력 소모가 장난이 아닌 탓이다.

그런데 그때.

삑!

날카로운 소성이 숲을 꿰뚫었다.

그리고 그 소리에 무린의 얼굴이 확 일그러졌다. 걸린 것이다. 기감에는 걸리지 않았는데 소리가 나고 나서부터 기감에 걸리기 시작했다. 무린은 즉각 움직였다.

삑! 삐익!

무린의 입에서 나온 소리에 비천대가 즉각 반응했다. 조심스럽던 움직임을 멈추고 곧바로 등을 돌려 도망치기 시작했다. 걸리는 순간 기습이 아니라고 했다.

'역시…….'

쉽지 않다.

오합지졸과는 확실하게 달랐다.

사사사삭!

비천대는 숲 속을 거슬러 있는 힘껏 내달렸다. 쭉쭉 뻗어나가는 무린의 신형은 어느새 가장 정면에 섰고, 다시금 길게 휘파람을 불었다.

삐이이이이익!

이건 걸렸을 때를 대비한 신호다.

무혜는 이 소리에 비천대가 발각됐다는 것을 깨달았을 것이고 곧바로 타격 명령을 내릴 것이다.

사사사삭!

무린의 신형이 좌로 꺾으면서 언덕 쪽으로 붙었다. 불빛이 소요진 곳곳을 밝히고 있었다. 아니 정확하게는 남궁세가 진영에서 세 갈래로 나위어진 긴 불길의 행렬이 보였다. 불길의 이동은 빨랐다.

당연하다.

무인들이 들고 뛰는 거니까.

언덕을 내달려 진영으로 돌아온 무린은 바로 말 위에 올라탔다. 쉽지 않은 전투가 될 거라는 예감이 들었다.

"대주님!"

"던져!"

장팔이 장작 묶음 같은 걸 획 던졌다. 무린은 그걸 받아 바로 풀어 안장 곳곳에 박아 넣었다. 단창 꾸러미다. 비천대 공격의 시작이라 할 수 있는 비천투창에 쓰일 단창들이다. 무린은 뒤를 돌아봤다. 이미 다른 비천대는 준비를 끝내고 대기하고 있었다.

"……."

말없이 눈을 한 번씩 마주친 무린은 바로 고삐를 털었다.

하!

히히히힝!

오랜만에 무린을 태워 좋았는지, 아니면 달릴 수 있다는 게 좋은 건지 무린의 전마가 앞발을 높게 들고 길게 울음을 흘렸다. 그리고 발이 떨어짐과 동시에 정말 바람처럼 내달리기 시작했다.

사막에서 살았던 놈들이다. 모래밭에 푹푹 발이 빠져도 달렸던 놈들이니 이 정도 진창은 그냥 무시하고 달렸다.

마예의 조련은 정말 예술이라 봐도 좋았다. 그리고 그게 지금 어마어마한 도움이 되고 있었다. 어떤 지형에서도 쓸 수 있는 전마.

거의 사기다.

두둑.

두두둑!

두드드드드!

한두 기라면 안 났을 것이다.

그러나 백 기 이상이 되자 대지가 진동하기 시작했다. 저 멀리 불빛이 보였다. 이미 삼가의 무인들이 도달, 맹공을 시작한 것이다. 무린은 더욱더 속도를 올렸다.

"일단 관통한다! 좌측부터 뚫고 들어가서 반대쪽으로!"

네!

우렁찬 대답이 들려왔다.

불빛은 금방 가까워졌다.

그리고 동시에 무린의 전신에서 기파가 뻗어 나오기 시작했다. 비천신기를 기반으로 비천무제의 별호를 달아준 무시무시한 기파다.

마주하는 순간 식은땀이, 범인이라면 그냥 기절할 정도의 압도적인 기파가 온 세상을 잠식하듯이 퍼졌다.

그러자 반응은 즉각 나왔다.

온다!

씨발! 이쪽이냐!

멀리서 들려온 소리지만 극한으로 돌기 시작하는 오감이, 그중 청각이 그 소리를 곧바로 잡아냈다.

'정예가 아니다!'

그러니 두려워하고 욕설을 하는 것이다.

잘됐어!

무린의 입가에 회심의 미소가 지어졌다. 어쩌면 오히려 조금 늦게 들어간 게 다행일 수도 있었다. 삼가의 파상 공세에 그쪽으로 우르르 달려들었을 테니까. 정확히 비천대가 뚫고 나올 자리를 일부러 만들어 놓았는데, 이게 정답이었다.

거리는 순식간에 좁혀졌다.

비천!

무린의 쩌렁쩌렁한 외침에 비천대가 곧바로 손에 단창을 쥐었다. 삑! 마예의 휘파람 소리와 손짓에 그대로 상체를 뒤틀어 어깨를 당겼다. 전방으로의 사격이 아닌, 우측으로 사격이다.

투창!

쉑!

쇄애애애액!

마치 벌떼가 앵앵거리는 소리가 갑자기 소요진을 울렸다. 비천대의 투창이 만들어낸 소리였다.

크악!

뭐야……!

막아!

이런 개쌍……!

거칠고 투박한 소리들.

욕설이 난무하고, 비명도 난무했다. 백여 발의 투창이 만들어낸 결과였다. 비천대의 투창은 정확하다. 목표 설정도 서로 중복되지 않게 수없이 많은 훈련과 실전을 겪으며 수정과 훈련을 거듭해 왔다.

그래서 투창 백여 발이 만들어낸 사상자는 거의 팔십에 가까웠다. 엄청난 정확도였다. 나머지 스물 정도도 빗맞은 게 아니라 막혀서 떨어진 정도였다.

꽈드득!

"크륵……."

육신이 박살 나는 소리.

무린의 전마가 목책을 넘어 그 뒤에 있던 살육병을 그대로 밟아 으깨는 소리였다. 직후 우윳빛 궤적이 반월처럼 펴졌다.

퍼거걱!

내려선 즉시 무린의 창이 휘둘러진 것이다.

그 간격에 있던 머리통들이 순식간에 터져 나갔다. 비천신기의 내력은 살육병의 육안으로는 확인도 불가능할 정도의 고속 창격을 선사했다. 푹! 푸북! 짧게 단타로 끊어진 찌르기에 정면에서 달려들던 살육병 둘의 머리에 구멍이 뚫렸다.

히히히힝!

"따라와!"

네!

거대한 대답이 뒤따른다.

끈적한 공기가 육신을 휘감다 못해 정신까지 감기 시작했다. 전장의 광기다.

"으아아!"

내달리는 무린에게 살육병 여럿이 다시 달려들었다.

퍽!

퍼벅!

창대째로 후려치자 그 여럿이 한 번에 걸려 쭈욱 밀려사 나가떨어졌다. 살았을까? 못산다. 창대에도 비천신기의 내력이 담겨 있었다. 아마 내부의 장기가 걸레처럼 찢겼을 것이다.

두드드드!

무린의 질주가 탄력을 받았다. 그건 곧 비천대가 탄력을 받았다는 뜻. 거침없는 질주가 시작됐다.

우르르 쏟아져 나오는 군벌의 살육병들. 그렇게 잡았는데 아직도 본진에는 상당한 수가 있었다. 하지만 살육병 정도로 비천대를 막을 수가 없었다. 아니, 절대 불가능했다. 비천대의 질주는 거침이 없었다. 순식간에 쭉쭉 뻗어나갔다.

"비천"

주르르 늘어선 살육병들이 보였다.

가만히 둘 리가 없었다.

무린의 외침에 비천대가 다시 단창을 뽑아 들었다. 학습 능력은 있던 걸까? 비천대가 투창을 준비하자 정면을 막던 살육병들이 일제히 흩어졌다. 당연한 일이었다. 막으려고 해서 막을 수 있는 게 아니기 때문이다.

전면이 흩어지자 길은 뻥 뚫렸다.

두드드드!

비천대는 금방 적진의 좌측을 관통했다. 그리고 후방을 따라 돌기 시작했다. 역시나 곳곳에서 적이 튀어 나왔다. 하지만 그래봐야 불나방들이었다.

퍽!

백면이 검면으로 치자 사지육신이 조각조각 터져 나갔다. 극히 잔인한 광경. 하지만 그건 무린도 마찬가지였다.

퍼걱!

비천흑룡이 춤을 출 때마다 하나씩, 둘씩 계속해서 사망자가 생겨났다.

두드드드드!

어느새 후방을 금방 돌고 이번에는 우측으로 다시 뚫고 올라가기 시작했다. 그때 무린이 외쳤다.

"긴장해! 진짜가 온다!"

네!

고도로 끌어올려진 기파가 말해주고 있었다.

적진의 중앙의 군집에서 서서히 올라오는 거대한 기운이 있다고.

"구양! 이제 나서시나? 으하하!"

쩌렁쩌렁한 제종의 외침에 기운은 더욱더 힘을 받았다. 제종의 외침을 들은 것이다. 그리고 들었기 때문에 자존심에 상처를 입은 것이다. 하지만 상관없었다.

"비켜!"

휘리릭!

퍼버벅!

제종의 손을 떠난 손도끼 하나가 회전하면서 머리통 세 개를 그대로 날려 버렸다. 재수 없게도 셋이 나란히 서 있었기 때문이었다. 제종은 눈을 하나 잃었지만, 이제 그건 아주 조금의 단점도 될 수 없었다.

남궁유청에게 기감을 발달시키는 방법을 전수 받고 끊임

없이 수련해 지금은 그 단점을 단련한 기감으로 모두 보완하고 있었다.

쉭!

드디어 첫 공격이 날아왔다.

날카롭게 벼려진 암기였다.

팅!

그러나 그 암기는 백면의 넓적한 검면에 막혀 너무나 맥없이 튕겨 나갔다.

쉭!

쉬쉭!

"흥!"

콧방귀와 함께 마예의 마상대도에 막혀 떨어졌다.

"온다!"

직후 무린이 외쳤다.

중앙에서 빠른 속도로 다가오는 이십여 명의 무인이 무린의 기감에 잡혔다. 구양가의 무인들일 것이다. 그렇다면 모두 절정.

방심하면 큰 피해가 날 것이다.

살육병과는 달리 구양가는 전부 진짜배기니 말이다.

크핫!

슈아아악!

어둠을 가르고 맹렬한 기세로 떨어져 내리는 무인이 있었다. 저릿한 기파가 범상치 않았다.

"흡!"

쩡……!

달리는 와중인데도 정확히 무린을 노리고 떨어졌다. 무린은 거리를 재고 주변을 이용하는 공간감각(空間感覺)이 상당히 좋았다. 그리고 그건 백면도 마찬가지였다. 튕겨 나가는 무인의 옆구리에 백면이 뿜어낸 흑운이 쇄도했다.

"큭!"

쩌정!

쾅……!

몸을 비틀어 백면의 검기를 쳐내더니 바로 몸을 뒤집어 땅에 내려섰고, 곧바로 무린을 향해 재차 달려왔다. 그리고 그와 동시에 스무 명의 구양가 무인이 속속 모습을 드러냈다.

"달려! 받아치기만 하고 공격은 하지 마!"

이놈들은… 비천대의 몫이 아니었다.

목책은 멀지 않았다.

그리고 그 목책 뒤에는 날카롭게 벼려진 검대가 기다리고 있었다. 스승의 가문. 그곳의 제일검대.

금검대(金劍隊)다.

이들은 그들의 몫이었다.

두드드드드!

그것도 모르고 비천대를 구양가의 무인 스물은 꽁지가 빠져라 쫓고 있었다.

第百六十章 맹공(猛攻)

“차앗!”

기합과 함께 중천의 검이 수직으로 그어졌다. 기합까지 넣은 만큼, 검에 실린 검력은 정말 만만치가 않았다. 아니, 아예 거력이었다. 충만하다 못해 넘치도록 실려 있는 제왕공의 내력이 살육병 하나의 몸을 박살 냈다. 퍼걱! 하고 비산하는 육편이 잔혹하다 못해 괴기스러울 정도였지만 중천의 눈은 조금도 깜빡이지 않았다.

“죽어!”

쉬아악!

옆구리를 노리고 겸(鎌) 하나가 거칠게 쇄도해 왔다. 번뜩이는 날에는 푸르스름한 빛깔이 맴돌고 있었다. 중천은 보는 즉시 독이라는 것을 깨달았다. 겸의 기세에도 비릿함이 깃들어 있었으니 모르면 바보다.

휘리릭 도는 중천의 신형. 어느새 겸은 옆구리가 아닌 중천의 정면을 노리게 됐고 중천은 당연히 아주 쉽게 검을 휘둘러 막아갔다.

쩡!

파삭!

튕겨 나가다 못해 겸의 끝 부분에 거미줄을 연상케 하는 실금이 가더니 이내 그대로 깨져 나갔다. 하지만 그걸로 끝이 아니었다.

"으악!"

겸을 타고 흘러간 제왕공의 내력이 살육병의 전신을 쓸었다. 마치 감전이라도 당한 것처럼 비명과 함께 화들짝 놀라더니 바로 겸을 놓아버리는 살육병. 이는 실수였다. 정말 치명적인 실수.

죽어도 할 말이 없는 실수 말이다.

퍽!

미끄러지듯이 흘러나간 중천의 주먹이 그대로 살육병의 머리통을 쳤다. 제왕공의 내력을 살육병은 받아내지 못했다.

희멀건 뇌수가 피와 함께 솟구쳤으니 살육병은 이미 영혼이 육체를 떠나고 말았다.

"으아아!"

중천의 등을 노리고 살육병 둘이 살기등등한 기합과 함께 검을 날렸다. 중천은 돌아보지 않았다.

퍽!

퍼벅!

그럴 필요가 없었기 때문이다. 중천은 혼자가 아니었다. 중천검대가 주변에서 중천을 철저하게 엄호하고 있었다.

특히 검대의 조장들은 중천의 곁에서 아예 떠나지 않고 있었다. 이미 그들은 한차례 중천이 적의 암습을 받게 허락한 적이 있었다. 제아무리 중천검대가 급조된 부대라 하지만 중천검대에 소속된 무인들은 전부 스스로 무력에 자신감이 있던 자들이었다. 그러니 이번만큼은! 절대로 소가주에게 아무도 손을 못 대게 하겠다는 의지가 아주 철철 넘쳐흐르고 있었다. 덕분에 중천은 오직 공격에만 전념할 수 있었다.

슥.

중천이 한 걸음 내딛자 중천의 앞을 막고 있던 군벌의 살육병들이 전부 움찔했다. 그리고 슬금슬금 뒤로 물러났다. 중천의 무력은 일반 절정무인에 비해 특별했다. 절정도 같은 절정이 아니라는 것을 증명하는 무력.

막고 싶어도 결코 막을 수 없는 무력. 압도적인 중압감을 선사하는 무력.

그그극!

"으윽……!"

환영처럼 등장한 중천의 검을 살육병 하나가 막았다. 그 살육병의 거대한 검에도 확실히 대단해 보이는 기세가 담겨 있었다. 여타 살육병과는 확실히 다른 무력을 보아 딱 봐도 절정의 무력이라 판단됐다.

군벌이라고 피에 미친 병사들만 있는 건 아니라는 뜻이기도 했다.

최소 지휘관급이다.

하지만 그래도 중천의 검력에는 밀리고 있었다.

중천은 소가주.

남궁세가의 모든 검법을 쓸 줄 알았다.

창궁무애검, 그리고 섬전십삼검뢰를 포함한 철검식까지. 어느 하나 빠지지 않고 모두 수준급, 그 이상으로 익혔다.

"크으으!"

중천의 검에 점차 밀려나가는 살육병.

순식간에 얼굴이 빨개지고, 일그러졌다.

철검식이었다.

중검의 묘리를 가득 담은 중천의 검이 살육병을 찍어 누르고 있었다. 그걸 본 다른 살육병들이 급히 중천에게 몸을 날렸다. 하지만 중천은 당연히 혼자가 아니다.

짱!

쩌정!

푹!

"빌어먹을! 대장은 어떻게 해서든 구해!"

"이런 쌍! 못 들어가는데 어떻게 구해! 네가 해보든가!"

"하라면 해! 이 새끼야!"

또 다른 살육병 들이 거친 어조로 대화를 주고받았다. 안으로 들어가 중천의 철검식에 잠식당하고 있는 자신들의 상관을 구하고 싶지만, 그게 쉽지 않아 나온 대화였다. 중천검대는 중천을 중심으로 촘촘하게 몰려 있었다.

중천이 상대를 시작하면 곧바로 포위, 그 어떤 지원도 끊어버리는 방식이었다. 그러면서 중천검대는 계속해서 앞으로 나아갔다.

목책도 얼마 안 남았다.

그그극!

파삭!

검이 깨지고.

푹.

육신이 뚫렸다

"컥……."

이어 폐부에서 빠져나오는 비명이 짧게 울렸다.

결국 중천의 철검식을 이기지 못한 살육병이다. 중천은 그런 살육병을 한차례 봤다가, 바로 검을 뽑았다.

퍽!

동시에 손이 움직여 심장을 후려쳤다.

손바닥에 담긴 장력은 천풍장이다. 하늘의 바람. 그 부드럽지만 거친 기운을 가득 담은 천풍장력이 그대로 심장을 터트렸다.

쿵.

살육병이 쓰러지자마자 중천이 벼락처럼 외쳤다.

"더 압박한다! 밀고 나가!"

네!

중천검대는 대답과 동시에 방어, 포위 위주로 움직이던 진세를 뒤집었다. 시린 빛이 번뜩이는 검을 들고 그대로 살육병들을 덮쳐 갔다.

"뭐, 뭐야!"

"썅! 구양가 이 개새끼들 진짜! 언제까지 안 나올 셈이냐!"

"빌어먹을!"

곳곳에서 욕설이 터져 나왔다.

그럴 수밖에.

중천검대의 압박을 살육병들이 이겨내지 못하고 있는 상황이니 그들의 걸레 문 입이 그냥 있을 리가 없었다.

그리고 이것도 당연했다.

중천이 선두에 서는 것.

퍽!

천풍장이 머리 하나를 그대로 터트렸다. 박처럼 깨진 머리가 그 안에 내용물을 토해냈다. 구역질나는, 범인이라면 보는 즉시 기절해 버릴 일이 벌어졌다. 그러나 이곳에서는 너무나 당연한 일이다.

콰가가가각!

중천의 허리가 회전, 그대로 벼락처럼 우수의 검이 내리 그어졌다. 동시에 검끝에서 푸른 빛살이 솟구쳤다.

섬전십삼검뢰(閃電十三劍雷)였다.

정말 섬전이라는 검공의 이름처럼 푸른 빛살이 땅을 긁어내며 살육병을 덮쳤다. 으득! 하고 이를 악문 살육병들이 저마다의 무기로 검뢰를 쳐냈다.

그러나.

파삭!

막는 족족 깨져 나갔고.

푸확!

무방비가 된 육신을 검뢰가 덮쳤다. 육신이 잘리고 터져 나갔다. 검뢰는 설명하자면 두 가지 단어로 딱 설명이 가능했다.

섬전. 그리고 뇌전.

각기 다른 단어가 딱 하나씩 들어가는 검공이며 남궁세가가 자랑하는 대표적인 검공이다.

"야 튀어! 이 새끼들, 이걸 어떻게 막아!"

살육병 하나가 급히 상체를 뒤틀어 도망치려 했다. 하지만 그걸 봐줄 중천이 아니다. 그는 이미 이 전쟁에서 상처를 많이 입었다. 수없이 죽어나가는 세가의 무인을 봐야 했으며, 전쟁 초기에는 적의 계략에 말려들어 죽을 뻔했다.

무린이 없었다면 죽었을 것이다.

이번 소요진에서도 마찬가지였다.

암습으로 인해 몸에 상처까지 입었다.

그런 만큼 자존심에 상처가 많이 난 상태였고 그 상처 난 자존심을 지금 이 순간 메우고 있었다.

중천의 강력한 무위에 기세는 완전히 중천검대 쪽으로 넘어갔다. 기세를 탄 것을 확인한 중천이 다시 외쳤다.

"목책까지 밀어붙여! 빠르게! 강력하게! 하늘의 의기를 담은 검으로 적을 섬멸해라!"

네!

유치한 단어까지 사용한 말이었지만 우렁찬 대답이 뒤따

르고 기세는 더욱더 활활 불타올랐다. 모든 전투, 전쟁이 그렇지만 기세는 정말 중요했다. 기세가 오르고 떨이지고에 따라 이길 것도 지고 질 것도 이기는 상황이 수두룩하게 나온다.

중천은 이 기세를 계속해서 이어가려면 역시나 자신의 역할이 중요하다는 것을 제대로 깨닫고 있었다.

화르르!

순식간에 중천의 기세가 마치 초원에 퍼진 불길처럼 일어섰다. 이전의 기세와는 확실히 다른 강력한 압박감. 탈각을 이룬 무린에 비해서는 손색이 있으나 그래도 절정의 무인이 내뿜는 기세라고는 볼 수 없을 정도로 거대했다.

드디어 나온 것이다.

천하제일가의 자랑이자 그 전부라 할 수 있는 궁극의 검공.

제왕검형(帝王劍形).

오직 가주 직계만이 익힐 수 있는 검공.

제왕의 기운을 담은 무시무시한 검력으로 가로막는 모든 것을 파훼하고 압박하고 박살내 버리는 검공.

불길처럼 일어선 제왕검형의 기파가 적진의 정면에서부터 전장을 잠식하기 시작했다. 적군에게는 절망을, 아군에게는 반대로 용기를 선사하는 지대한 영향을 끼쳤다.

퍼억!

쭉 늘어난 중천의 신형이 도망치다 막 뒤를 돌아보던 살육병의 등짝을 그대로 검면으로 후려쳤고, 천뢰제왕공의 내력과 제왕검형의 운용으로 아예 터트려 버렸다. 막고 자시고 할 새도 없었다.

괜히 중천검왕이 아니다.

이제 불혹을 넘은 나이로 검왕의 별호를 얻은 중천. 그건 천하제일가의 소가주라 우대 차원에서 받은 게 아닌, 그의 실제 무력으로 받은 별호였다. 하늘 중앙에 떠 있는 검. 이름 그대로다.

별호 그대로다.

"으아아!"

"피해! 비키라고! 씨발 좀 비켜!"

비명과 욕설이 난무했다.

서로가 중천에게서 멀어지려 하면서 생긴 혼란이 가중됐다. 이로써 증명된다. 합이 맞지 않는 동맹이, 서로 상하 관계의 동맹이 얼마나 오합지졸인지.

콰가가각!

지면을 긁어내면서 중천의 검기가 다시 한 번 쇄도했다. 푸확! 붉은 피가 사방으로 튀었다. 순식간에 검형의 기운이 실린 검기가 살육병 여섯의 목을 쳐버렸다. 저벅저벅, 거침없이 전진하는 중천.

목책에 다다르는 순간 목책 뒤에서부터 솟구치는 기세가 느껴지기 시작했다. 기세는 거대했다. 중천 혼자서는 결코 막지 못할 거대한 기세. 하나가 아닌 수십의 절정무인이 내뿜는 패도의 극을 아우르는 기세였다.

또한.

도망칠 곳은 없다는 것을 아는지, 아니면 도망칠 마음이 없는 배수의 진인 것처럼 지독한 비장감도 느껴졌다.

드디어 움직이기 시작한 것이다.

구양가의 남은 절정무인이.

"시작이군."

나직하게 중천의 입에서 흘러나오는 그 말은 이제 전초전이 끝나고 전면전이 시작됨을 알리는 말이었다.

동시에 중천의 후방에서도 기세가 느껴지기 시작했다. 전초전에 참여하지 않았던 남궁세가의 원로전도 움직이기 시작한 것이다. 스물의 원로는 모두가 절정. 남궁세가의 절학을 모두 극으로 깨달은 남궁세가의 네 개의 기둥 중 하나.

비켜라!

굵직한 외침이 후방에서부터 터져 나왔다. 장로원주 남궁기태의 목소리였다. 그 말에 썰물처럼 중천검대가 갈라지기 시작했다. 저벅저벅, 한가한 걸음걸이. 여유가 가득 느껴지는 걸음으로 중천검대가 연 길을 가로질러 들어오는 원로전의 무인들.

그 선두에는 당연히 남궁기태가 있었다.

"오셨습니까."

"고생했네. 소가주. 이제 저 것들은 우리에게 맡기시게."

"그렇게 할 리가 있겠습니까. 저도 한 손 돕게 해주십시오."

"후후, 그러겠나? 소가주의 힘이라면 큰 도움이 될 걸세."

"하하, 감사합니다."

중천도 여유를 잃지 않았다.

모욕을 갚는 전쟁이지만 그렇다고 그것 하나에 목숨을 걸지는 않는다. 자신은 소가주. 지켜보는 눈이 천지에 깔려 있다. 그러니 이런 여유도 보여줘야 했다. 그래야 수하들이 더욱 안심할 수 있기 때문이다.

물론 실제로 여유가 있었다.

허세가 아니라는 소리다.

"왔군."

"이번에는 정예 같습니다. 기세가 남다르군요. 하하핫!"

남궁기태의 말에, 중천이 아니라 다른 원로가 대답했다. 원로임에도 쾌활함이 깃든 목소리. 원로전의 막내라던 자였다.

그는 손목을 툭툭 털어 검에 묻은 피를 털어내고 있었다. 그걸 보며 남궁기태가 다시 한소리 했다.

"쯔쯔, 고새를 못 참고 가서 한바탕했느냐?"

"하핫! 몸이 근질거려 참을 수가 없어서 말입니다. 이해해 주십시오. 원주님! 하하핫!"

"그건 봐줄 테니 제발 그 가벼운 말투 좀 어떻게 해봐라, 이 놈아."

"천성 아닙니까. 천성. 하핫!"

"에잉!"

혀를 차고는 고개를 돌린 남궁기태가 다시 전방을 바라봤다. 기세는 어느새 근방까지 다가와 있었다. 그들도 서두르지 않고, 천천히 걸어온 탓이다.

남궁기태가 주름이 가득한 얼굴에 더욱더 많은 주름을 만들었다. 얼굴 가득 미소를 지은 것이다.

"자, 이제 이 지긋지긋한 전쟁을 그만 끝내자."

"네, 원주님."

"가세나."

남궁기태가 앞으로 걸어가며 검을 가로로 쭉 긋자, 파랑처럼 일어난 검기가 쭉 뻗어나가더니 목책을 모조리 날려 버렸다. 전장을 만든 것이다. 그걸 보고 난 중천은 중천검대가 괜히 절정무인들의 전투에 휘말리지 않게 명령을 내렸다.

“중천검대는 이곳에서 벗어나 남은 살육병들을 상대하라!”

네!

중천검대가 좌우로 갈라져 달려 나가기 시작했다. 이백에 달하는 중천검대의 반은 철검대와 창천대로, 나머지 반은 명왕대를 향해 달려갔다.

콰가가가각!

해일처럼 뻗어나가는 검기.

남궁기태의 검에서 뻗어나간 창궁무애검이 이제 마지막 전투의 시작을 알렸다.

第百六十一章

본진암습

남궁세가 진영의 왼편, 비천대 막사 앞의 언덕에 일남일녀가 서 있었다. 광검 위석호와 그의 동생 위운혜였다.

"마지막 전투가 되겠군. 양측의 기세가 여지를 남겨둘 생각이 없어 보여. 후후."

"……."

위석호의 말에 위운혜는 대답 대신 고개만 끄덕였다. 그 행동에 물결처럼 은발이 흘렀다. 어둠 속이라 오히려 더욱 신비로운 분위기가 생성됐다.

둘은 전투에 참가하지 않았다.

무린은 둘의 의중을 물어보지 않았다. 증원을 예상하고 회의, 그리고 전투까지 정말 일사천리로 이루어졌고 그 안에 둘의 임무는 없었다.

무린으로서는 당연한 결정이었다.

"이거 서운한 걸? 안 그래?"

"별로요."

"어, 왜?"

위석호의 말에 위운혜가 고개를 저으며 부정하자 위석호가 눈을 동그랗게 뜨고 동생을 바라보며 물었다.

그러자 위운혜가 정면을 바라보는 시선은 그대로 두고 입술만 열어 대답했다.

"저는 오라버니가 아닌 걸요."

"야, 그렇게 말하면 꼭 내가 싸움에 미친놈 같다?"

"……."

위운혜가 침묵하고 이번에는 말없이 시선만 돌려 위석호를 바라봤다. 마치, 아닌가요? 이렇게 묻고 있는 것 같았다. 그러자 위석호가 웃었다.

"후후! 알았어. 이번엔 잠자코 있지."

"약속이에요."

"그래, 그래."

위석호는 그렇게 대답하고 다시 시선을 정면으로 돌렸다.

그리고 소요진을 어둠을 직시했다. 그의 입이 다시 천천히 열렸다.

마치 취한 사람 같은 목소리로 말을 이었다.

"그런데… 저 너머에 너무 많다."

"……."

나직하게 나온 그 말에 위운혜는 고개를 절레절레 저었다. 위석호가 하는 말을 그녀가 못 알아들을 리가 만무했다.

많다는 건 사람을 뜻한다.

그런데 그냥 사람을 뜻하는 건 아니다.

죽여야 할 자.

죽어 마땅한 죄를 지은 자들을 말하는 것이다.

위석호가 짊어지고 있는 것.

업보라고 해도 좋고 저주라고 해도 좋다.

그와 함께하는 요괴는 특이했다.

특이한 이유는 이 요괴가 죄를 진 사람들에게 반응하기 때문이다. 선량한 백성, 죄가 없는 백성들에게 이 요괴는 반응하지 않는다. 하지만 죄를 지은, 도덕성이 결여된 자들에게 이 요괴는 반응했고, 그 반응을 위석호는 당연히 감지했다. 아니, 감지 정도가 아니라 동화다.

요괴는 반응 후, 격렬한 살의 가득한 광기에 휩싸인다. 그리고 당연히 동화되어 가는 위석호의 상태도 변하게 된다.

이건 강제적이었다.

지금에 이르러서는 제어가 가능했지만 예전에는 죄 지은 자만 봐도 격렬한 살의가 들끓어 정말 곤욕이었었다.

“향기가… 너무 진해. 못 참겠는데 어쩌지?”

“…….”

위석호는 그렇게 다시 말했고 위운혜는 여전히 침묵했다. 다만, 고개만 도리도리 저었다. 안 된다는 뜻이었다.

하아…….

위석호의 입에서 한숨이 흘러나왔다.

그리고 그 한숨 뒤 작은 인기척이 들렸다.

“어?”

놀란 신음성이 뒤를 이었다. 두 사람이 동시에 뒤를 돌아보니 여인 둘이 서 있었다. 그리고 그중 하나는 위석호도 굉장히 잘 아는 여인이다.

정심이었다.

“정심?”

“석호? 석호 맞아?”

“네가 왜 여기 있지?”

정심이 빠르게 다가왔다.

그녀의 얼굴에는 반가움이 있었다. 어릴 적 친구를 만났으니 당연한 일이었다.

"나는 지금 스승님 명령으로 비천대와 함께하고 있어. 경험을 쌓으라고 해서."

"아아… 하긴. 이제 그럴 때가 됐지."

"너는 왜?"

"어쩌다 저쩌다 여기까지 흘러왔지. 후후."

위석호는 그렇게 말하고 정심의 옆에 있는 여인을 바라봤다. 정심보다 못해도 손바닥 하나는 큰 신장에, 전체적으로 화사한 미인이다. 정심이 수수하다면 이 여인은 화려한 꽃. 옆에 있는 위운혜와 비슷한 느낌이었다.

시선을 받은 여인이 가지런히 손을 모으고 인사했다.

"진무월이라 해요."

"진? 아아, 무제의 동생인가?"

"네."

"확실히 닮았어."

어둠 속이지만 당연히 어둠은 위석호에게 아무런 장애가 될 수 없었다. 충분한 현천진기가 어둠을 아예 걷어 들였기 때문이다. 그리고 눈을 가리는 천도 마찬가지다. 위석호는… 다른 감각으로 세상을 본다.

완전히 다르게 말이다.

"그런데 두 사람이 왜 붙어 있지? 그새 친해졌나?"

"아니, 나한테 요즘 진 소저가 의술을 배우거든."

"뭐? 네가 진 소저를 가르친다고? 이거 참… 소저. 그냥 돈을 싸들고 의문을 가는 게 빠를 듯싶소만?"

뭐!

위석호의 농담에 정심은 곧바로 발끈했다.

그리고 쉭! 주먹이 뻗어 나왔지만 당연히 위석호의 옷깃도 스치지 못했다. 순식간에 멀어진 위석호가 다시 어둠을 응시했다.

"정심. 환자들 온다."

"……."

두 사람이 이러고 있었지만, 지금은 전쟁 중이다. 저 어둠 속은 이미 격렬한 전투가 한창이었다.

정심이 낯빛을 굳혔다. 환자란 곧 다쳤다는 것. 결코 기분 좋은 일이 아니었다. 그러니 얼굴이 굳을 수밖에.

그러나 정심은 다음 순간 더욱더 얼굴이 굳을 수밖에 없었다. 무월도 함께 말이다.

"그리고 밤손님도 같이… 후후, 후후후."

스르릉.

위석호의 양손이 제각각 손을 뻗어 검병을 쥐고 그대로 뽑아냈다. 날카로운 소음이 일었다. 달빛도 없는데 검은 스스로 시린 빛을 토해냈다. 온통 흑색으로 도배되어 있음에도 빛을 토해내는 기병이다.

사사사삭.

근처에 대기 중이던 비천대원 다섯이 곧바로 다가왔다.

그리고 무월과 정심을 둘러쌌다.

"움직이지 않고 여기 있는 게 제일 안전할 것 같습니다."

"네……."

김연호와 연경이었다.

둘은 무월의 호위를 맡았다.

그리고 딱 봐도 위석호가 적을 포착한 것 같았다. 그렇다면 그의 무력이 닿는 이곳이 가장 안전한 곳이라 판단을 내렸다.

정확한 판단이었다.

위석호와 위운혜.

둘 다 탈각의 무인이다.

이곳으로 살육병 백이 쳐들어와도 아마 두 사람을 넘지 못할 것이다.

"후후. 후후후……."

위석호가 나직한 웃음을 흘렸다.

그것은 진득한 살기를 가득 담고 있었다.

뭉클.

그의 주변 어둠이 일렁이기 시작했다. 그의 기세에 공간이 들끓기 시작한 것이다. 시선은 한곳에 집중되어 있었다.

사박.

한 발자국 내딛은 그가 입을 열었다.

"안 와……?"

그럼…….

내가 갈까?

독백처럼 나온 말이 끝난 직후 위석호의 신형이 사라졌다. 사사삭! 소리가 들리더니 저 멀리 어둠 속에 번쩍! 하고 공간이 십자로 갈라졌다. 정말 신기한 게 어둠인데도 공간이 갈라지는 게 보였다.

아니, 갈라졌다기보다는 일그러졌다는 게 더욱 맞는 표현일지 몰랐다. 동시에 털썩, 하고 무거운 무언가가 땅바닥에 무너지는 소리가 들렸다.

볼 것도 없었다. 위석호의 검이 어둠 속에 숨어 있는 살객의 숨을 끊은 것이다.

어둠 속에서 다시 목소리가 들렸다.

하나, 둘, 셋, 넷…….

수를 헤아리고 있었다.

그의 멈췄을 때는 이미 스물까지 세고 난 뒤였다.

"스물? 많이도 왔네… 후후, 후후후……."

그러나 그는 진정 즐거운 목소리로 웃었다. 마치 많이 와줘서 고맙다고 말하는 것 같았다. 실로 흥에 겨웠다.

"미오."

"네."

"위를 부탁하마."

"네."

사삭!

그 말이 끝남과 동시에 위석호가 다시 움직였다. 번쩍! 어둠이 엇갈려 비틀렸다. 뚝, 하고 둥그런 것이 떨어져 눈밭을 굴렀다.

퍽!

위석호는 그걸 발로 그냥 걷어찼다. 둥그런 물체가 위석호의 발에 맞아 어느 한 지점으로 쏘아져 나갔다. 얼마나 지나지 않아 다시 퍽! 소리가 나더니 둥그런 물체가 터졌다. 하얗고 진득한 액체가 비산했다.

어둠이라 보이지 않은 게 다행이다.

보였다면 무월은 아마 견디지 못했을 테니까.

비산하는 액체 사이로 위석호가 뛰어들었다.

푹!

검날이 육체를 파고들어가는 소리가 들렸다.

"크륵……."

그리고 신음도 들렸다.

위석호가 하얀 이를 드러내고 웃었다.

"니들도 아프면 신음을 내는구나……? 하긴, 사람인데…

후후, 후후후."

그극!

푹!

그 말을 끝으로 검을 비틀고 좌우로 그은 다음 바로 뽑아내는 위석호. 이미 목이 싹둑 베여 떠버렸다.

사사삭. 동시에 위석호의 신형이 좌로 내달렸다. 푹! 푸부북! 그리고 그가 있던 자리에 어둠에 동화된 암기가 꽂혔다.

그러나 위석호는 아예 한발 먼저 움직이고 있었다. 이 차이는 굉장히 컸다. 쫓지 못한다는 뜻이기 때문이다.

서걱!

다시금 위석호의 검이 어둠의 한 부분을 그었고, 섬뜩한 소리가 뒤를 따랐다. 깔끔하게 절단된 머리가 바닥에 떨어져 데굴데굴 굴렀다.

푸확!

피는 뒤늦게 뿜어졌다.

누누이 말하지만 어둠이라 다행이다. 칠흑의 어둠이라 정심도, 무월도 이 잔인한 장면을 눈으로 담지 못했으니까.

다만, 소리는 어쩌지 못했다.

무월은 귀를 손으로 막고 눈을 꾹 감고 있었다. 정심은 무월보다는 당연히 나았다. 입술을 질끈 깨물고 어둠을 응시할 뿐이었다.

슥.

위운혜가 좌로 이동했다.

"후읍."

그러더니 짧게 호흡을 가다듬었다.

후우, 후우, 후우…….

스가앙……!

이윽고 은빛 궤적이 기음과 함께 어둠을 갈랐다. 폭발적으로 쏘아진 궤적은 쭉쭉 뻗어나가다 말고 무언가에 맞았는지 붉은 피를 담은 빛무리로 변해 비산했다. 뒤이어 후두둑! 소리와 함께 파편이 떨어졌다.

사일검(射日劍).

위운혜가 익힌 점창 비전검공의 이름이다.

분광의 쾌에는 비할 바가 아니나, 점창의 그 어떤 검공보다 압도적인 파괴력을 자랑했다.

스가앙……!

은빛의 궤적이 다시 터졌다. 이번엔 그보다 좀 더 뒤에서 빛이 터지고 비산했다. 그리고 다시 후두둑. 파편 떨어지는 소리가 들렸다. 어둠 속인데도 위운혜의 사일검격은 정확하게 적을 노리고 있었다.

후후, 후후후…….

어둠이 계속해서 갈라졌다.

번쩍번쩍.

마치 덩실덩실 춤이라도 추는 것처럼 위석호의 신형이 들썩였다. 그러나 그 들썩임은 반드시 하나의 사망자를 만들어냈다.

좌수와 우수가 따로 놀고 있었다.

마치 서로 의지를 가진 것처럼 말이다. 그러나 정확하게 분광은 터졌고, 살객의 목은 떨어지고 있었다.

"후후, 네놈들한테는… 진짜 역겨운 냄새가 나. 후후후."

위석호의 입가에 그려진 미소는 떠나가질 못했다. 번들거리는 미소였다. 살기가 진짜 너무나 충만하게 차 있었다.

위석호의 별호.

광검(狂劍).

빛 광자가 아닌 미칠 광자가 너무나 잘 어울렸다. 하지만… 아직 이것도 광검의 진실된 모습은 아니었다.

진짜 광검은 이런 게 아니다.

"어, 더 오네……?"

고맙게도…….

그의 기감에 다시금 걸리는 일단의 무리. 숲을 빠져 우회해서 돌아온 모양이었다. 각양각색의 무기.

군벌의 살육병들이었다.

그에 위석호의 미소가 더욱더 진해졌다. 이제는 완전해졌다. 그를 칭하는 광검이라는 별호에 말이다.

"흐음… 하아."

코로 깊게 숨을 마시는 위석호.

영혼에서부터 풍겨져 나오는 진하게 썩은 냄새가 풍겨져 나왔다. 악인의 향이다. 그의 몸에 기생하는 요괴가 맡아서, 그걸 위석호에게 그대로 전하고 있었다. 아니, 전하는 걸로 그치지 않고 그의 심령에까지 영향을 미쳤다.

"좋아. 후후, 좋다고……."

나직하게 깔려 들어가는 그의 목소리는 지금 이 상황에 대한 만족이 가득했다. 아… 그는 진저리까지 쳤다. 대체 얼마나 좋기에.

"시작하자… 응?"

사사삭!

말이 끝나기 무섭게 위석호의 신형이 어둠 속에 동화되듯 사라졌다. 점참의 비전, 분광과 한 쌍인 분광착영(分光捉影)이다.

녹아들 듯 어둠 속으로 사라진 위석호.

광검은 살육병에게 향하지 않았다. 그보다 좀 더 뒤. 은밀히 이동하고 있지만 숨길 수 없는 찝찝하고 퀘퀘한 냄새를 풍기는 자들.

구양가의 무인 다섯이었다.

*　　*　　*

"목표는 씹어 처먹을 비천대의 군사다! 그년만 잡으면 돼!"

"그 썅년은 반드시 죽여! 독문의 계집도 같이 잡아!"

대화는 아주 살기등등했다.

그럴 수밖에 없는 게, 군벌의 살육병들은 무혜와 단문영에게 아주 제대로 당했다. 아침에 있던 전투는 살육병들에게는 지옥이나 다름없었다. 배는 아프지, 적은 쳐들어오지. 이길 거라 예상했던 전투가 순식간에 뒤집혀 버렸다. 정말 순식간에 말이다.

그러니 이를 안 갈 리가 있나.

하지만… 무혜가 이걸 몰랐을까?

별동대가 있을 거라는 사실을?

당연히 알고 있었다.

알고 있었을 뿐만 아니라 대비까지 해놓았다.

삐익!

비천대 진형에서 날카로운 소성이 울렸다. 이는 비천대만이 쓰는 피리다. 무린이 쓰던 막사에서 무혜가 천천히 나왔다. 그런 그녀의 뒤로는 남궁무원이 있었다. 군벌의 살육병들에게는 절대적인 무력을 보여줄 남궁무원이다.

그리고 비천대원 스물이 나와 무혜와 무월, 정심을 중심으로 아주 촘촘하게 진을 짜기 시작했다. 그렇다고 밀집은 아니었다.

각 대원 간의 거리는 못해도 일 장의 거리를 유지하고 있었다. 그런 비천대의 진형의 바깥으로 이옥상이 천천히 나와서 돌기 시작했다. 반대쪽으로는 남궁유청도 있었다.

검문의 소검후.

검후에는 못 미치나, 그래도 탈각을 거의 삼분지 이 이상 진행한 이옥상이다. 무린보다도 경지는 확실히 낮다. 하지만 탈각을 진행하고 있다는 것 자체가 이미 절정을 넘어섰다는 뜻이다.

못해도, 못해도 철대검의 경지다. 아니, 어쩌면 철대검보다도 높을 것이다. 철대검은 중간에 깬 상태지만, 이옥상은 여전히 나아가고 있는 상태였으니 말이다. 그런 이옥상 하나 뚫기도 아마 쉽지 않을 것이다.

게다가 남궁유청.

이미 검의 대가라 불러도 손색이 없을 창천유검도 있다.

뚫을 수는 있을까?

하지만 무혜는 그렇게 쉽게 생각하지 않았다. 적 군사가 정말 머저리가 아니라면 살육병만 보냈을 리가 없었다.

"느껴지는구나. 광검, 그 아이와 격돌을 시작했어."

남궁무원의 말에 무혜는 천천히 고개를 끄덕였다.

그녀는 느끼지 못했다. 하지만 남궁무원의 그렇다면 그런 것이다. 가만히 어둠을 주시하는 무혜.

그런 무혜에게 무월이 꼬옥 안겨들었다.

"언니……."

"괜찮아. 괜찮을 거야."

자기보다 큰 무월을 안고 토닥이는 무혜. 그러면서도 무혜의 눈은 여전히 어둠을 응시하고 있었다. 동생도 중요하지만… 상황은 더욱 중요했다. 자칫 실수 한 번 하는 날에는 어떤 결과가 기다릴지… 생각도 하기 싫다.

그리고 이미 실수는 저질렀다.

그래서 이 오밤중에 기습 작전을 하는 게 아닌가. 만약 여기서 적을 궤멸시키지 못하면? 비천대는 철수다. 무조건 철수다.

적의 증원이 빤히 예상되는 상황이고, 적의 증원이 이어지면 비천대의 전력은 당연히 깎여 나갈 수밖에 없다. 전투를 치른다면 말이다.

그러니 빠진다.

하지만 그 이전에 책임, 도의를 다하는 것이다.

물론 그 이면에는 복수라는 가장 중요한 감정이 들어가 있기에 비천대의 이번 작전이 가능했다.

그러니 무혜는 이번에 반드시 적을 궤멸시키리라 다짐했다.

"참으로 너의 혜안은 놀랍구나. 어찌 이리 네가 말한 대로 착착 떨어지는지… 허허."

남궁무원이 그리 말하며 허허로운 웃음을 터트렸다. 그러면서 큼지막한 손으로 아직 덜덜 떨고 있는 무월의 머리를 가만히 쓰다듬었다. 그러자 흠칫! 오들오들 떨던 무월이 떨던 어깨를 멈추고 천천히 고개를 들어 남궁무원을 바라봤다. 눈동자는 여전히 흔들리고 있었지만, 자신의 머리를 부드럽게 쓰다듬는 손의 주인이 누구인지 궁금했던 것 같았다. 무월은 남궁무원을 잘 몰랐다.

남궁세가에서 중천 말고 자기 남매들을 도와주는 유일한 사람. 그리고 엄청 강한 무인. 그냥 대충 이렇게 아는 정도였다. 남궁무원이 그런 무월의 시선을 파악했고, 다시 부드럽게 웃었다.

"연화 작은애비 되는 사람이다."

"아, 아아……."

흔들리던 눈동자가 다시 천천히 멈추기 시작했다.

"걱정 말거라. 이 할애비가 너와 혜에게는 솜털도 못 건드리게 할 테니. 이 할애비가 적어도 그럴 능력은 있단다. 허허."

"……."

무월은 가만히 고개를 숙여 인사했다. 그리고 다시 무혜에게 안겨들었다. 하지만 이전의 떨림은 여전히 멈춰있었다. 무혜는 그래서 남궁무원에게 눈빛으로 다시 감사의 인사를 보냈다. 동생의 불안을 멈춰준 사람. 충분히 감사해도 되는 남궁무원이었다.

무혜는 다시 이제 막 교전을 시작하는 이옥상과 남궁유청. 그리고 일백의 살육병에게 시선을 돌렸다.

그녀의 눈에 가장 처음 담긴 것은… 새하얀 빛무리였다. 아니, 새파란 빛무리였다.

어둠을 가르는 촘촘한 빛무리. 그 빛무리는 마치 물결처럼 일렁이며 쏘아져 나가고 있었다. 이쪽의 교전도 시작됐다.

교전의 시작은 남궁유청의 창궁무애검이었다.

* * *

남궁유청은 한결 여유가 있었다.

오전의 전투와 마찬가지로 군사가 위협당하는 꼴이지만, 실제는 그와 완전히 달랐다. 적 군사는 아주 대단히 잘못 생각한 게 하나 있었다.

바로 남궁무원의 존재다.

그는 멍청하게도 남궁무원이 남궁세가 쪽에 있을 거라는 아주 멍청한 판단을 내리고 말았다. 아니, 그게 당연한 판단이긴 했다. 남궁무원이니까.

전대이긴 하지만 남궁세가가 대표하는 검왕이니까.

그러니 당연히 남궁세가를 도우러 왔을 거라는 판단을 내렸다. 그래서 살육병 백과, 구양가 무인 다섯만 보내는 엄청나게 큰 실책을 했다.

이 전부가 왔어도 남궁무원 하나를 어쩌지 못할 텐데 말이다. 그런데 무혜는 암습도 예상했고 거기에 이번엔 아주 확실히 자신을 호위할 병력을 남겨 놓았다.

면면만 봐도… 대단하다.

남궁무원.

따로 설명할 필요가 없다. 그는 진정한 검왕이다.

이옥상.

소검후.

절정을 넘어 탈각을 진행 중인 여검객이다. 탈각 전의 무린도 당해내지 못했던 정말 대단한 검의 고수다.

남궁유청.

창천유검으로 알려졌지만 이제는 창천예검이라 불리는 남궁세가의 자랑 중 하나다. 하지만 이제는 어엿한 비천대원이다. 남궁현성조차 인정했을 정도로 창궁무애검의 대가.

그리고 노린 바는 아니나… 광검 위석호와 그의 여동생 위운혜.

둘 다 탈각의 무인이다.

이 정도면… 솔직히 말해 구양가의 절반이 왔어도 아마 무혜를 잡기는 힘들었을 것이다. 맞상대하지 않고 몸을 빼면 대체 누가 무혜를 잡을 수 있을까? 못 잡는다.

신법의 고수가 와도 탈각의 무인이 작정하고 내빼면 결코 따라잡지 못할 것이다. 애초에 내력의 운용, 그 양과 질 자체가 차이가 나기 때문이다.

그리고 마지막으로 비천대원 스물.

이 정도면 그냥 하나의 문파보다 전력이 좋다. 탈각의 무인이 무려 넷이다. 넷. 살육병 백과 절정무인 다섯으로는 어림도 없는 일이었다. 더욱이 기습이라는 수까지 읽힌 마당이니 아무리 발악해도 안 되는 건 안 될 것이다.

"우측을 부탁하오. 소저."

"네, 그리고 말씀 편히 하세요. 후배가 한참 어리답니다."

"허허, 이 전투가 끝나면 그리하겠소."

"그 말 지켜주셔야 해요."

스르릉.

이옥상의 허리에서 그녀의 애검, 절파(折波)가 소리 없이 흘러나왔다. 새하얀 검신이다. 어둠 속에서도 스스로 빛날 정도로 예리하게 벼려져 있는 기병. 검후의 독문병기인 검파에는 못 미치나 충분히 이름난 명장이 공을 들여 만들어 검문에 바친 것이다.

절(折), 꺾고 자르고 쪼개고.

파(波), 물결을 뜻한다.

물결을 자르고 쪼갠다는 의미가 담긴 검의 이름이다. 검의 이름은 이옥상이 직접 지었다. 그리고 이름에서 알 수 있듯이 당연히 이옥상의 성향은… 사실 상당히 공격적이었다. 스승인 검후의 조언에 따라 탈각을 진행하면서 그 성향을 눌러 놓았지만, 어째 오늘은 그 봉인을 풀 것처럼 보였다.

사악.

한차례 검을 그어본 이옥상이 소리 없이 웃었다.

"가요."

사삭.

말이 끝남과 동시에 이옥상의 신형이 어둠에 녹아들었다.

"쌍! 어, 어디야!"

그러자 뻔히 보고도 이옥상을 놓쳐 당황한 살육병의 외침에, 친절하게 이옥상은 대답을 해줬다.

"여기 있어요."

"헉!"

소리는 바로 옆에서 들렸다.

급히 그곳으로 고개를 돌리니 마치 귀신처럼 희미한 형상의 이옥상이 살육병의 눈에 보였다.

서걱.

하지만 이미 늦었다.

이옥상은 이미 살육병을 목을 베고 대답을 해줬고, 희미해지는 이유는 그녀가 다시 어둠 속에 녹아들고 있었기 때문이었다.

사삭!

눈밭인데도 마치 풀밭을 이동할 때나 생길 소리가 들렸다. 극상의 보법이다. 검문의 파형보(波形步). 물결처럼 유려하게 움직이는 게 특징인 보법이 어둠 속에서 펼쳐지니 반대로 유령처럼 보이는 착시 현상이 생긴 것이다.

서걱!

"아, 썅!"

다시 목 하나가 떨어졌다. 그러자 떠오르는 목에 놀란 살육병 하나가 소리를 질렀다. 그러나 그건 위치를 노출시키는 법. 아무리 흥분했어도 실수는 하면 안 되는 법이다. 왜? 죽음이 다가올 수 있기 때문이다.

아주 빠르고.

서늘하게.

서걱.

역시나 다가왔다.

이옥상은 주저함이 없었다.

절파는 그녀의 내력을 받아 아주 조금의 힘도 들이지 않고 목을 베어냈다. 오죽하면 툭 치면 떨어지는 것 같이 보였다.

쾅!

스르륵.

살육병 하나가 그녀의 기척을 감지했는지 거칠게 도끼를 휘둘렀지만 이미 그녀는 그 자리를 이탈하고 난 뒤였다.

사악.

사뿐 다가오는 이옥상.

푹.

사뿐 빠지는 이옥상.

이 간단한 행동에 다시 심장에 구멍이 난 살육병이 생겼다. 으드득! 그러자 이를 갈던 살육병 하나가 외쳤다.

"무시해! 그냥 덮쳐!"

우와!

다 죽여 버려, 개새끼들!

썅년 낯짝이나 좀 보자! 킬킬킬!

괴성을 지르면서 살육병이 일제히 뛰쳐나갔다. 그래, 나름 좋은 판단이었다. 마치 유령처럼 움직이는 이옥상을 잡지 못할 바에야, 눈에 딱 보이는 남궁유청이나 비천대원을 상대하는 게 나을 것이다.

"흐아압!"

거대한 덩치를 가진 살육병 하나가 쿵쿵 뛰어가다가 확 날아올랐다. 그리고 떨어지는 힘까지 더해 남궁유청에게 대부를 휘둘렀다.

쩡!

그그극!

남궁유청은 비스듬히 막은 뒤 아주 유려하게 흘려냈다. 검날을 긁으며 대부가 미끄러져 지나갔다.

아쉬울까?

아니, 아쉬워도 못할 것이다.

퍽.

남궁유청의 손이 벼락처럼 궤적을 그리고 올라가 살육병의 옆구리, 겨드랑이, 그리고 관자놀이를 쳐버렸기 때문이다.

"……."

그러니 아쉬울 것도 없다.

생각 자체를 못 하게 됐으니 말이다.

스르륵. 쿵.

거대한 체구를 땅에 처박자마자 뒤이어 살육병들이 저마다의 무기를 들고 남궁유청을 덮쳤다.

"끼하하하!"

"죽어!"

"씹어 처먹을 늙은이가 어디서……! 크하핫!"

허허.

남궁유청은 그런 욕설에 그냥 웃었다.

하지만 웃음은 서늘했다.

날카로움도 가득했다.

사사삭.

남궁유청의 손에 들린 검이 춤을 췄다. 손목을 비틀고 돌리며 몇 차례나 검을 뿌려냈다. 어찌나 빨랐는지 마치 그냥 불이 번쩍! 하고 생겼다가 사라지는 느낌이었다. 그리고 그만큼 빨랐으니 살육병들도 막지 못했다.

달려들던 살육병 셋이 각자 무기를 휘둘러보지도 못하고 그대로 육체의 움직임을 서서히 정지했다.

심장, 목젖, 심장.

남궁유청의 손짓에 떠오른 푸른 궤적이 정확하게 가르고 찌르고 떠난 것이다. 생명이라는 놈도 같이 데리고.

"크르륵……."

"흐흐, 빌어먹을 늙은……."

"……."

한 놈은 피거품을, 한 놈은 마지막 유언이 될 욕을, 마지막 놈은 그냥 그대로 정지해 버렸다. 혼이 떠난 육신은 움직일 수 없다. 불변의 진리다.

콰가가가각!

남궁유청에게 달려들던 살육병의 우측에서 무지막지한 검기가 짓이겨 들어왔다. 검문 파형보의 자매 무공이라 할 수 있는 파형검이다. 새파란 물결을 연상시키는 검기다. 창궁무애검과 비슷하나 유동적인 부분에서는 파형검이 한 수 위였다. 정말 제대로 들어간 파형검의 검기가 우측을 초토화시키기 시작했다.

팔다리가 비산하는 건 예사요, 머리통을 그대로 조각조각 썰어버리기도 했다. 검기에 닿은 피가 증발하면서 붉은 혈무를 피워 올렸다.

"지나가기 힘들 거예요."

이옥상의 말이 어둠 속에서 흘러나왔고, 그에 살육병들은 흠칫 떨 수밖에 없었다. 살육병도 내력을 돌린다. 안법을 쓸 수도 있다. 그런데도 이옥상의 모습을 잡아내지 못하고 있었다. 이유는 하나.

그녀의 이동이 고속(高速)이라 그렇다.

거기에 어둠까지 섞여 있고.

파형보의 특성상 흐릿해지는 건 당연하니 이 세 가지가 섞여 이옥상의 모습을 아예 지워 버렸다.

아마… 살육병들은 미칠 노릇일 것이다. 숫제 눈에도 안 보이는 귀신과 싸워야 될 터이니 말이다.

"이 썅년아! 앞으로 나와, 가랑이를 확 찢어줄라니까!"

그게 답답했는지 살육병 하나가 입에 담기도 저속한 욕설을 퍼부었다. 그러자 정말… 이옥상이 인상을 찌푸리고 있는 남궁유청의 옆으로 스륵 나타났다.

"자, 찢어 봐요."

나타난 이옥상이 앞으로 바로 걸어가며 말했다.

그러자 크흐흐! 하고 저열한 웃음이 들리더니 곧바로 이옥상에게 달려들었다. 하지만 상대를 잘 보고 덤볐어야지. 어찌 이리 보는 눈이 없는지… 강호에서 안목은 생명줄이다. 그런 생명줄이 없다면 어쩔 수 없다.

죽어야지.

그것도…….

잔인하게.

서걱.

이옥상의 검이 살육병의 목을 깔끔하게 띄웠다. 들어오는 도끼를 피해 그냥 툭 쳐버린 행도에 나온 결과였다.

하지만 이옥상은 거기서 멈추지 않았다.

사삭. 사사사사삭!

순식간에 궤적이 마구 생겨났다. 궤적이 생겨난 곳은 머리가 떠 있는 곳이었다. 이미 죽은 자였다. 그러나 이옥상은 그걸로 만족하지 못한 것이다.

화가 난 것이다.

모욕적인 언사에.

아니면 화가 난 척을 하거나.

이옥상은 멈추지 않았다.

조각조각 해체가 진행되고 있는데도 거기에 더욱더 검의 궤적을 그렸다. 사사사삭! 무시무시한 속도가 뒷받침되니… 백 조각, 이백 조각, 수백 조각으로 머리통 하나가 나뉘어졌다. 내력이 이어졌기에 희멀건 액체와 피는 그대로 증발해 버렸다. 바닥에 떨어지지도 못하고.

그 짧은 시간에 백 번 이상의 검격을 먹인 이옥상.

"……."

"……."

살육병들은 입을 쩌억 벌렸다.

왜 이들이 살육병인가. 살육을 밥 먹듯이 해서 살육병이다. 그런데 이건 그들도 못 해본 짓이다. 아니, 해볼 엄두조차 못 냈던 짓이다. 정말 별의별 짓을 다 해본 그들도 머리통을 수백 조각으로 나눠 버린다는 건 상상도 못 해봤다.

"또 제 가랑이 찢어보실 분?"

떨어지는 육편을 후두둑 맞은 이옥상이 앞으로 걸어가며 조용히 입을 열었다. 서릿발 같은 기세다. 무린과도 다르고 광검과도 다르다. 남궁무원과도 다르고 제왕검형과도 다르다. 명왕공과도 당연히 달랐다.

하지만 이옥상의 기세는 그들과 견줘도 결코 부족하지 않았다. 압도적이다. 이 말은 참 많은 곳에 통용이 된다. 그리고 당연히 이옥상에게도 어울렸다. 그녀의 기세는 정말이지… 뭐라 말로 설명이 불가능했다.

끈적함?

엿가락이 늘어나는 것 같은.

물에 빠졌는데 누가 발목을 잡아당기는 것 같은?

그래, 그거다.

수면 아래로 끌려 들어가는 느낌.

축 처지는 느낌.

"없나요?"

나긋하게 나온 그 말에 살육병들은 으득! 이를 갈았다. 이들도 미쳤다면 정말 제대로 미친 인간들이다. 그런데 이옥상에의 행동과 말에 겁먹은 스스로가 용서가 안 된 것이다.

"개썅년아! 내가 찢어주마!"

결국 가장 앞에 있던 살육병 하나가 아주 용기 있게 나섰다. 아주 용기 있게. 용기만 있게. 용기만 들고…….

"어머."

그에 이옥상은 검을 든 손으로 입을 살짝 가렸다. 손으로 가려지지 않는 부분의 입가는 분명히 호선을 그리고 있었다. 미소가 그려졌단 소리다. 그런데… 눈은 웃고 있지 않다. 서늘하게 빛을 발하고 있었다.

마치 먹이를 노리는 맹수처럼.

파삭!

"큭!"

단 일격에 살육병의 무기가 깨졌다.

절파.

그 의미에는 다른 것도 있다. 말 그대로 깨트린다는 의미다. 절파검. 그녀의 검은 상대의 무기를 깨트리는 기병이다. 상대하기 가장 곤혹스러운 기병 중 하나다.

뒤로 급히 물러나는 살육병의 턱 아래에 절파검이 쑥 들어간다. 헉! 하고 경호성을 지르고 피하지만… 늦다.

이옥상은 그리 물렁하게 검격을 뿌리는 무인이 아니다.

푹!

턱 아래서부터 뚫고 들어간 절파검이 그대로 뒤통수로 쑥 나왔다. 지이익! 살타는 냄새가 풍겨나고, 푹! 하고 다시 뽑혔다.

"자, 다음? 또 없나요?"

그러더니 검을 휙! 털어낸다.

"……."

"……."

당연히 이어지는 건 침묵일 수밖에 없었다. 살육병들은 슬금슬금 물러났다. 깨달은 것이다. 자신들이 지옥을 제 발로 찾아왔다는 사실을… 그러니 물러나려 했다. 하지만 누가 그리 쉽게 보내준다 했던가?

허허, 허허허.

노년으로 들어서는 이의 웃음과 동시에 불쑥 나타나는 인형. 남궁무원이었다.

"그만 끝내자꾸나. 외손녀아가들이 못 볼꼴을 너무 보는구나."

"으으, 으으으……."

스르릉.

그의 검집에서 검이 뽑혀 나왔다.

사망 선고였다.

*　　*　　*

번쩍!

어둠 속에서 검은 열십자가 그려졌다.

쩡!

"큭!"

위석호의 분광이다. 그리고 그 분광을 막은 구양가의 무인은 신음을 흘리며 뒤로 물러났다. 위석호는 급하지 않았다.

덤벼들던 놈은 총 다섯이다.

둘은 위운혜가 맡고 있었다.

삼 대 일의 전투.

그러나 위석호에게는 여유가 가득했다. 실실 웃는 낯짝이다. 그 웃음에는 당연하겠지만 살기가 가득 섞여 있었다. 광기라고 봐도 좋을 정도다. 미친놈으로 봐도 좋다는 말이다.

"왜? 처음 그 자신감은 다 어디가고?"

"빌어먹을… 왜 당신이 여기에 있지?"

"못 올 곳도 아닌데 뭘 그런 걸 물어보고 그러나. 후후."

위석호는 한 걸음 내딛었다.

구양가 무인 둘은 뒤로 물러났다. 하나는 이미 움직이지 못했다. 목이 없으니 당연했다. 이자는 최초 뭣도 모르고 위석호에게 방심하고 덤벼들었다가 그대로 한 방에 저승길을 건너 버렸다.

나머지 둘도 마찬가지였다.

전신에 생채기가 가득했다.

위석호는 둘을… 가지고 놀고 있었다.

"너는 참 냄새가 지독해. 아… 구토가 올라올 정도야. 후후."

위석호는 그렇게 자신만 알 수 있는 말을 하며 웃었다. 당연히 구양가 무인이 무슨 소리인지 알아들을 수 있을 리가 없었다.

"무슨 소리냐……."

"몇이나 죽였지?"

"……."

대뜸 묻는 위석호.

몇이나 죽였냐는 말에 무인은 대답하지 않았다. 마도일가, 구양세가다. 구양가의 율법상 살인은 살아남는 조건이다. 하지만 위석호의 질문은 그런 뜻이 아니었다. 윤리와 도덕을 벗어난 살인.

그걸 묻고 있었지만 앞뒤 잘라 먹고 물었으니 못 알아듣는 게 당연했다.

"아주 역겹고 토할 정도인거 보니… 못해도 백이구나?"

"무슨 소리냐고 물었다……."

"후후, 선량한 양민을 학살한 수를 묻는 거야. 그밖에도… 알잖아? 네가 한 짓은 네가 더 잘……."

"……."

얼굴이 확 굳었다.

구양가에서 살인은 죄가 아니다.

구양세가의 본가가 있는 곳에서 인근 백 리 안에는 마을 하나 없다. 그럴 수밖에 없다. 악명 자자한 구양가가 있는데 어느 미친놈이 터전을 잡고 살겠나.

"보아하니… 흉성을 이용해 내력을 급증시키나 본데, 흉성은 그냥 유지되는 게 아니지… 후후. 인위적인 방법으로 유지해야 되는데 가장 좋은 방법이 아마 살인이겠지? 그것도 아프게, 고통스럽게, 처참하게, 즐기면서 말이야. 인성을 스스로 갉아먹어야만 증진이 있는 심법일 거고… 후후, 후후후!"

"네놈이 그걸……."

정답이었나 보다.

물론 위석호는 찍었다.

요괴가 보내오는 감각을 통해서.

하지만 사실 그 사실은 중요하지 않았다. 부정해도 어차피 죽일 생각이니까. 강호에서 태어난 자에게 살인은 업이다. 그건 결코 피할 수 없는 족쇄에 가깝다. 태평성대의 강호가 아닌, 이리 난잡한 강호이니 족쇄의 견고함은 금강석에 비견할 만했다.

위석호도 살인을 한다.

하지만 그건 죽여야 할 자들에 한에서다.

악으로 악을 징치하는 위석호다.

보다 더 큰 악이 되고자 했다.

그 끝에는… 당연히 마녀가 있고.

업보다.

지독할 정도로 처절한.

"후후, 후후후."

위석호의 입에서 나오는 웃음이 더욱 진해졌다. 완전히 살소 충천이다. 달빛을 가리는 먹구름을 뚫고 승천할 정도로 그 농도는 짙었다.

"죽어야겠다, 넌……."

꾹.

스슥.

번쩍!

순식간에 검은 열십자가 다시금 번쩍였다. 미처 방비하고 자시고 할 새도 없었다. 아니, 방비는 하고 있었다. 광검을 극도로 견제하던 구양가 무인 둘이다. 그런데도 열십자는 번쩍였다.

이는 그들의 채 인식하기도 전에 분광에 직격당했다는 뜻이다.

"크윽……."

하지만 완전히 숨통을 끊지는 않았다. 살만 저몄다. 가슴 정중앙에 생겨난 열십자 상처를 따라 피가 주륵주륵 새어 나왔다.

"너도 이렇게 죽였지? 가지고 놀면서. 히히, 킬킬거리면서.

그치? 후후후……."

위석호의 서늘한 목소리가 구양가 무인의 귀로 파고들어 갔다. 당연히 그 무인의 입장에서는 거슬릴 수밖에 없었다. 그에 꼭지가 돌았나?

그 무인의 눈동자가 급격히 붉어지기 시작했다.

"크르르……."

"아하, 이제 본성이 나오는 거야? 그럼 나야 좋지. 시시한 건 나도 재미없거든. 후후후……."

"크아!"

확실히 으르렁거리기 시작하자 기세부터 달라졌다. 흉성을 이용한다는 위석호의 말이 맞는지, 이건 마치 짐승 같았다. 검을 버리고 두 발, 두 손으로 어슬렁거리기 시작했다. 짐승, 그것도 움직임을 보니 맹수였다. 아니, 당연히 맹수일 것이다. 흉성은 보통 맹수에게만 있으니까.

"와봐. 거기 너도 같이… 후후. 안 그러면 기회도 없을 거야… 후후후……."

나직하게 계속해서 웃으면서 도발을 한다.

아니, 정말 도발일까? 진심이 아니고?

스륵. 스륵.

어슬렁거리면서 위석호를 노려보는 구양가의 무인. 점점 움직이기 시작하더니 위석호를 중심으로 돌기 시작했다.

위석호는 적이 사각지대 안으로 완전히 들어가는데도 가만히 양손을 늘어트리고 서 있었다.

입가에는 당연히 시린 미소가 걸렸다.

언제든 오라는 미소.

그리고 오는 순간 죽여주겠다는 다짐이 서린 미소다.

백색의 천에 가려진 시선은 정면의 구양가 무인에게 집중되어 있었다.

"넌… 안 와?"

안 오면…….

내가 갈까?

응?

"대답 좀 하지……?"

삭.

위석호의 신형이 마치 사라진 것처럼 보였다. 어둠과 동화다. 분광착영(分光捉影). 비운축영(飛雲逐影)과 함께 점창의 양대 비전으로 분류되는 보법이자 신법이다.

점창이 괜히 점창이 아니다.

그건 곧 구파가 괜히 구파가 아니라는 뜻과도 같다.

구파는 구름 속에 숨었으나 그건 스스로 결정한 일이다. 구파가 이 땅에 정기를 세우던 시절. 배화교와 중원을 놓고 쟁탈을 벌이던 시절. 그 시절은 찬란했다. 무공의 질과 양은 물론 경지로 따져도 충분히 찬란한 꽃을 피웠다고 전해진다.

그런 구파의 비전이다.

녹록한 정도가 아니라… 무시무시했다.

번쩍.

번쩍!

사삭.

번쩍!

사사사삭!

"크윽……."

정신을 차릴 새도 없이 순식간에 볼과 옆구리, 어깨에 혈선이 그어졌다. 뚫어져라 노려보고 있었는데도 놓친 것이다. 그만큼 빠르고 은밀했다.

"크아!"

그때 뒤에 있던 구양가의 '짐승' 하나가 정확히 위석호를 향해 뛰어들었다. 짐승처럼 변하더니 오감도 같이 예민해진 것 같았다.

쩡!

아무렇게나 막 휘두르는 주먹질이다. 하지만 그렇다고 넋 놓고 봐주다가는 큰일 난다. 다름 아닌 구양가의 무인이니까. 그곳의 대체 어떤 심법을 익혀 저 꼴이 된지는 몰라도 인성을 머리고 흉성을 택한 만큼 그에 상응하는 대가가 있을 것이다.

"재미있네. 정말 짐승이 됐잖아? 후후후……."

어둠 속에서 탁한 위석호의 목소리가 흘러나왔다.

그는 경계를 하면서도 여유가 있었다.

쇄애액!

어둠이 일순간 걷어지며 붉은 검기가 위석호를 덮쳤다. 정확하게 노린 걸로 보아 좀 전 목소리로 감지한 것 같았다.

피할까?

"그래서야 재미가 없지. 후후후……."

위석호의 양손이 움직였다.

번쩍!

그그극!

사각…….

그리고 생겨난 분광. 분광은 붉은 검기를 그대로 갈라 버렸다. 잠시 저항은 있었지만 애초에 쾌의 묘리와 절삭력 자체가 너무나 큰 차이가 났다, 경지도 마찬가지다. 이들은 절정의 무인이고 위석호는 탈각의 무인이다.

대결 자체가 안 된다.

그럼에도 이곳에 있는 이유는?

자존심일 것이다. 자존심.

미련한 짓이었다.

무린이라면 이렇게 말했을 것이다.

자존심이 생명을 챙겨 주나?

당연히 못 챙겨준다.

그러나 어디에도 이렇게 머저리들이 있다.

"빌어먹을……."

자신의 검기가 잘리는 걸 봤는지 구양가의 무인이 이맛살을 잔뜩 찌푸리며 뒤로 물러났다. 그에 위석호는 웃으며 다시 물었다.

"왜? 검기 잘리는 건 처음 봐?"

"개새끼가……."

"후후, 개새끼라. 맞아. 나 개새끼… 너희 같은 놈들한테는 맹견이지. 물어뜯고 절대로 안 놔줄. 후후후……."

욕이라면 정겹다.

숨어 살던 시절, 지긋지긋하게 들었던 말이니까.

크아!

구양가의 짐승이 다시 덤벼들었다. 이번에는 바닥을 쓸 듯이 다리를 휘둘러 왔다. 웃차, 하고 위석호가 휙 피하자, 곧바로 무인의 검기가 날아들었다. 붉은 기운이 어둠을 밝히지만… 이번에도 마찬가지다.

"안 된다니까… 후후……."

번쩍!

그그극!

체공 중에서 분광을 터트리는 위석호였다. 당연히 이번에도 서걱! 하고 붉은 검기는 분광에 베여 힘을 잃고 소실되었다.

"크아!"

짐승의 포효가 들렸다.

등 바로 뒤다.

어느새 뒤로 돌아온 판단은 좋았다. 아니, 야성이 좋았다. 그러나 상대는 나빴다. 위석호였으니 말이다.

퍽!

"크륵!"

어깨로 달려들던 짐승을 위석호는 회전하며 검병으로 그대로 후려쳤다. 검병이 정확히 짐승의 콧잔등을 쳤고 우직! 하고 끔찍한 소리가 뒤따랐다. 내려앉았거나, 박살났거나, 아니면 내려앉으면서 박살났거나. 셋 중 하나일 것이다.

쇄애액!

붉은 검기가 또 다시 쇄도해 들어왔다. 각각 사각을 노린다고 노리지만… 상대가 너무 나빴다. 격의 차이는 도무지 메워지지 않았고, 날개가 없는 한 절대로 넘을 수 없는 거대한 협곡이었다.

그때 끼어드는 은빛 궤적.

스가앙……!

파삭!

"아……? 야!"

위석호가 시선을 돌리며 버럭 소리쳤다.

자박, 자박자박.

그곳에는 한 여인이 걸어오고 있었다. 살랑살랑 흔들리는 신비한 은발만으로도 정체가 충분히 짐작이 갔다.

위운혜였다.

어느새 구양가 무인 둘을 끝내고 넘어온 것이다.

그리고 오라비가 못할 짓을 하자 그걸 막은 것이다.

"무인답게."

"아… 진짜."

"오라버니."

"알았어, 알았다고. 쯔."

위석호의 분위기가 일변했다.

조롱하고 가지고 놀던 분위기가 사라지고 다시 천천히 원래 위석호로 돌아갔다. 살기, 광기가 가득한… 광검제다.

"자, 다시 시작하자……."

위석호의 입가에 걸린 미소는 보는 것만으로도 끔찍했다. 인간의 미소와는 뭔가 다른, 서로 다른 미소 두 개가 겹쳐 있는 것 같았다.

구양가의 무인이 위운혜를 보고 고개를 살짝 숙였다. 하, 그 정도로 치욕을 받고 있던 것이다. 위운혜는 그 인사를 무시했다. 저들이 불쌍해서가 아닌, 위석호가 걱정되어 나선 것뿐이었으니 말이다.

"……."

크르르…….

무인 하나, 짐승 하나가 조심스럽게 위석호에게 접근하기 시작했다. 스륵. 그에 위석호는 검을 들어 올려 눈을 가린 천을 뚝 잘라 버렸다. 그에 위운혜가 어! 하고 멈칫했고, 다가오던 무인 둘은… 그 자리서 그대로 굳었다.

"제대로… 느껴보라고. 크흐흐흐……."

입가에 드러나는 것은… 눈동자에 자리 잡은 것은…….

인간의 것이 아니었다.

직후.

끔찍한 광기가 온 사방을 가득 메우기 시작했다.

第百六十二章 여명(黎明)

해가 지면 달이 뜨고 달이 지면 다시 해가 뜬다.

이건 변하지 않을 법칙이다.

소요진에도 당연히 이 법칙에 따라 아침 해가 지평선에 걸려 뜨고 있었다. 여명이다. 새벽부터 격렬하게 벌어졌던 전투는 이제 마무리되고 있었다.

헉헉…….

곳곳에서 들려오는 호흡 소리.

지치고 지친 육신과 정신 탓이었다. 이곳 소요진은 현재 완전한 절망이 존재하고 있었다.

"이렇게……."

구양세가의 가주.

구양강일의 눈이 사방을 훑었다. 그리고 착 가라앉은 목소리로, 허망함이 가득한 목소리로 중얼거렸다.

시체의 산.

아니, 밭이다.

그의 눈앞에 펼쳐져 있는 전경이었다. 구양세가는… 아니, 마도가는 완전히 밀렸다. 기세 싸움에서도 그렇고 무력에서도 그랬다. 그리고 가장 중요한 부분에서 밀렸다. 바로 전술이다.

전략전술에서 마도가는 정도가에 완전히 밀렸다.

"어처구니가 없군. 추평."

"네."

"자신 있다하지 않았나?"

"하하하."

구양강일의 말에 추평이라 불린 사내가 섭선을 좍 펴고 입술을 가렸다. 눈동자는 웃고 있지만, 그 안에는 이상하게도 슬픔이 가득했다. 이자가 군사였다. 추평이라 불린, 나이 서른이 갓 넘은 이 서생이 무혜와 지략 대결을 펼쳤고, 무혜를 몰아붙이기도 했던 사내였다.

하지만 졌다.

"자신은 있었습니다. 천리통혜라 불린다지만… 허명이 조금쯤은 있을 것이라 생각했건만, 오히려 소문이 좀 약했나 봅니다. 하하하."

"웃음이 나오나? 자네를 내가 믿은 탓에 여기는 죽음의 대지가 되었어."

"죄송하다는 말씀밖에는 드릴 말씀이 없군요."

"죄송? 그것밖에 드릴 말이 없다? 하하, 하하하!"

구양강일은 웃었다.

하지만 손을 쓰지는 않았다.

그도 사내의 눈에 깃든 슬픔을 본 것이다. 아무런 죄책감을 느끼지 못했다면… 손을 썼을 것이다.

백면서생이다.

오직 군사학만 공부한.

마음이 나쁜 사내가 아니었다.

구양세가에 어울리지 않은 사내였지만, 무슨 원한을 샀는지 도망치던 중 구양강일을 만났다. 인연은 그렇게 시작됐다.

정마대전.

추평의 솜씨가 반 이상은 들어가 있었다. 나머지 반은 당연히 구양강일의 야심이 들어가 있었고.

"목숨으로 갚겠습니다."

추평이 고개를 숙이며 차분한 목소리로 말을 이었다. 그러자 구양강일은 고개를 끄덕였다. 그래, 그래야 한다.

승패는 병가지상사(勝敗兵家之常事)라는 말로 해결될 수 있는 단계를 이미 지나 버렸다. 이건 뒤가 있어야 가능한 일인데, 이제 뒤가 없다.

구양가는… 끝났다.

원로, 장로들은 오지 않았다.

하지만 주축을 이루는 무인들은 거의 대부분이 나와 있었다. 그리고 이곳 소요진에… 거의 전부가 몸을 눕혔다.

현재는 완전히 포위된 상태. 멀쩡한 무인이 채 열이 되지 않았다. 비천대를 쫓았던 스물에게도 연락이 없다. 남궁세가로 향했던 스물도 마찬가지다. 그리고 명왕대와 금검대로 향했던 스물도 복귀하지 않았다.

이제 정말… 몇 안 남은 것이다.

완패.

대패.

궤멸 직전까지 몰려 버린 세가를 다시 세울 수는 있을까? 이 정도면 주춧돌까지 뽑혀 나온 상태라고 해도 과언이 아니다. 구양강일이 시선을 저 멀리 던졌다. 그곳에서 다가오고 있는 사내.

창을 길게 늘어트리고 그 뒤로 새까만 흑의를 착용한 일단의 무리와 함께 오고 있었다. 무린이었다.

"그대로군. 이 상황을 만든 게……."

"내가 아니다. 내 동생이 했지."

무린의 대답에 추평이 나직하게 무혜의 별호를 입에 담았다. 새벽녘의 바람에 흩어지는 그 이름.

천리통혜…….

구양강일의 눈에 쓸쓸함이 담겼다.

"이제 와서 후회되나?"

"후회? 하하, 하하하!"

무린의 말에 구양강일은 웃었다. 아주 통쾌하게 웃었다. 마치 몰랐던 사실을 안 것처럼, 시원시원함이 가득한 웃음이었다. 한참을 그렇게 웃더니 무린을 보며 말한다.

"그래, 후회로구나. 이 가슴을 짓누르는 돌덩이가 뭔지 몰라 답답했는데… 후회였어. 하하, 하하."

표정은 후련했다.

무린은 아무런 대답도 해주지 않았다.

후회는 늦었기 때문에 후회다. 늦지 않았을 때 멈췄다면 후회라는 감정이 생기지도 않았을 것이다.

그러니 이제 와서 후회한들 아무것도 변하지 않는다. 정말 단 하나도…….

추평이 앞으로 나섰다.

"부탁이 있습니다."

"말하라."

"천리통혜를 만나고 싶습니다."

"거절한다."

무린은 단박에 잘랐다.

미쳤나?

이 험한 공간에 무혜를 오게 하게? 안 그래도 전장을 전전하는 것 자체로도 무혜에게 미안한 무린이다. 못 볼꼴, 못할 짓을 하는 것 같아 지금도 가슴이 답답하다. 그런데 무혜를 이리로 부른다고?

제정신으로는 절대 못할 짓이었다.

"이제 곧 내 목은 가주에게 떨어질 것입니다. 죽은 사람 소원도 들어준다는데 산 사람의 소원을 못 들어주십니까?"

"그래."

무린은 흔들리지 않았다.

저런 감언이설에 흔들릴 무린이 아니다.

군사다.

듣기로는 머리가 제법 비상해 무혜조차 곤욕을 치렀던 자다. 그러니 결코 믿을 수가 없었다.

무혜를 만약 불렀다면 과연 대화만 할까? 모를 일인 것이다. 정말 대화만 할지, 아니면 저자가 어떤 짓을 무혜에게 벌일지. 그러니 무린은 애초에 그런 상황이 나오지 않게 원천적으로 차단하는 것이다.

만약이라는 가정.

무린이 가장 싫어하는 단어였다.

"매정하신 분이시군요."

"매정? 군사의 자리에 앉은 자의 입에서 매정이라는 말을 듣다니… 어이가 없군."

"하하, 하긴 그렇지요. 군사보다 독한 자는 또 없을 겁니다. 하하하."

추평이 무린의 말에 웃었다.

그래, 군사…….

이 군사의 자리는 정말 독심을 지녀야만 앉을 수 있었다. 어느 작전을 짜더라도 희생은 항상 염두에 두어야 한다. 희생이 없는 승리는 모든 군사의 궁극적인 목표지만 그만큼 힘들다.

항복을 빼면 결코 불가능한 일로 치부된다. 그러니 희생은 반드시 난다. 그리고 이 희생에 가슴 아파해도 다시 다음 작전 때 희생을 감수하고 작전을 짜게 된다. 이렇게 독심을 가진다. 점점.

마음이 얼음처럼 차가워지고 단단해진다.

그런 군사가 무린에게 매정하다니.

목숨을 다루는 군사가 할 말은 절대 아니었다.

"정녕 안 들어주시렵니까?"

"나는 두 번 말하지 않는다."

무린의 온기 없는 대답이었다.

하아… 추평이 한숨을 쉬더니 고개를 절레절레 저었다. 그러더니 씩 웃는다.

"이거 안 통하는군요."

"……."

목소리 어조가 변했고, 그에 무린의 인상이 조금 굳었다. 부탁이 빠지고 여유가 어조에 들어갔기 때문이다. 여유다. 이 상황에서 여유를 가질 수 있다는 것은 딱 하나만을 의미했고, 그걸 무린은 알고 있었다.

"빠져나갈 구석이 있나보군. 아니면 믿는 구석이나."

"하하하, 맞습니다. 눈치는 역시 빠르시군요. 하하하하."

추평.

이자… 뭔가 있다.

구양강일조차 놀랐는지 굳은 눈으로 추평을 바라봤다. 그가 아는 한 추평이 빠져나갈 구멍이 없기 때문이다.

"읽어보시지요."

휙.

추평이 품에서 하얀 뭔가를 꺼내 던졌다. 힘을 잃고 바닥에 떨어진 하얀 뭔가는 서신이었다. 축축한 땅에 조금씩 젖어가기 시작하자 장팔이 재빨리 달려가 집어왔다. 장팔에게 받은 서신을 펼쳐 보는 무린.

무린의 눈동자가 빠르게 서신을 훑었다.

서신은 짧았고, 무린은 금세 읽고 서신을 구겼다.

"잘 읽었다."

"어떻습니까. 제가 자신 있어 할 만하지요?"

"나를 너무 물로 보았군."

"네?"

추평이 반문했다.

무린은 그 반문에 대답 대신 단창을 손에 쥐었다. 창을 손에서 한차례 뱅글 돌린 무린이 천천히 입을 열었다.

"그럴 듯하게 필사하긴 했지만… 조금 어긋났더군."

"어, 그, 그럴 리가……."

퍽!

추평은 말을 끝까지 끝맺지 못했다. 어느새 무린의 손을 떠난 단창이 정확히 추평의 입으로 쏙 들어가서 뒤를 뚫고 나갔기 때문이다.

그건 곧 생명에 구멍이 뚫렸다는 뜻이다.

"컥, 크륵……."

"네놈 머리가 모든 곳에서 통한다고 생각하지 마라. 설사 그게 정말 소향의 편지였어도 네놈이 죽는 사실에는 애초에 변함이 없었다."

"크르르……."

엎드려 바르르 떠는 추평.

안타깝다.

마지막이 추했으니.

"쯔, 이런 놈이라니… 잘도 숨겼군."

구양강일은 혀를 찼다.

편지의 진위는 중요치 않았다. 다만 마지막에 살려고 부렸던 여유가 구양강일에게 무린이 손을 쓰는 걸 알면서도 막지 못하게 만들었다. 그는 떳떳한 무인이다. 마도일가의 가주다. 숙임이 없는 사람이다.

"이제 우리도 끝을 내야지."

"그래야지."

그렇게 말하고 무린은 뒤로 돌아섰다. 무린은 알고 있다. 구양강일과의 일전. 그건 자신의 몫이 아님을 말이다. 시작이 구양가와 남궁세가의 싸움이었다. 그러니 끝도 구양가와 남궁가가 내야 했다.

저 멀리서부터 솟구치는 기파가 있었다.

제왕의 기운을 가득 담은 기파. 검왕 남궁현성의 기파였다. 그는 전투에 참여하지 않았다. 근처에서 전세를 두루 살펴보고 있었다. 위급한 곳으로 지원하기 위해 말이다. 그리고 지금, 이곳에 등장했다.

확실히 이 소요대회전은 남궁현성과 구양강일. 양가의 머리가 끝을 보는 게 맞다. 무린이 나서면 금방 끝내겠지만… 구양강일은 확실히 자신의 몫이 아니었다. 물론 복수심이야 크다. 하지만 자신만큼이나 남궁세가도 클 것이다.

무린은 이걸로 괜히 남궁세가에 책잡힐 짓을 할 생각이 없었다. 충분한 복수도 했고 이제 구양가에는 딱 한 명의 목만 따면 복수는 끝난다.

암마군.

관평을 죽인 그만 잡으면 모두가 끝난다.

그리고 그 외에 하나 더.

천리안 바타르만 남았다.

무린이 뒤로 물러나자 거대한 원형의 전투장이 금세 만들어졌다. 정도세가가 완전히 감싼, 도망갈 틈조차 없는 전투장이다.

스르릉.

남궁현성은 긴말이 필요 없었는지, 곧바로 검을 빼들었다. 그리고 걸음도 멈추지 않았다. 그걸 보며 구양강일이 씩 웃었다.

"문답무용인가? 하하, 그거 좋지!"

파라락!

그의 장포가 펄럭이기 시작했다. 내력의 운용으로 인한 공기의 떨림 현상이 바람을 만들어낸 것이다. 상승의 경지에서나 가능한 일이다.

합!

짧은 기합과 함께 구양강일의 신형이 흐릿해졌다. 소요대회전의 종지부를 찍을 마지막 전투였다.

* * *

첫 공격은 구양강일의 몫이었다.

그의 주먹이 검은 기류에 휩싸여 남궁현성의 옆구리를 노렸다. 검은 궤적이 주욱 그어졌다. 어깨부터 시작한 상체의 회전이 가득 들어가 있어 그냥 맞아도 뼈 하나는 우습게 작살날 파괴력이 실렸을 것이라 예상이 갔다.

남궁현성은 그걸 굳이 막지 않았다.

천리호정의 신법으로 슬쩍 뒤로 물러난다. 그러자 그가 있던 공간에 검은색 빛무리가 터졌다.

파앙!

비산하는 내력.

타격점에서 내력을 터트리는 기법이 들어가 있었고, 막았다면 아마 낭패를 봤을 것이다. 남궁현성이 피한 것은 정말 잘한 선택이었다.

좌라락!

이번엔 남궁현성이었다.

무한보(無限步)로 일시에 다가가 섬전십삼검뢰(閃電十三劍雷)를 펼쳐냈다. 으르릉! 뇌성이 몰아치고 그의 검에서 검뢰가 생성, 발출됐다.

"흡!"

그그극!

쩡!

구양강일은 반대였다.

휘리리리리!

그의 주먹을 타고 바람이 모여들면서 검뢰를 그대로 튕겨냈다.

무진권 구양강일의 성명절기라 할 수 있는 풍뢰였다. 구양강일에 의해 인위적인 바람의 구현되었다.

그의 손을 타고 도는 검은 바람.

"요 근래 얻은 놈이지. 흑풍이다."

"어울리는군."

"하하, 이제야 말문을 트셨군."

"오라."

시끄럽게 계속 말하지 말고.

그에 구양강일이 웃었다.

진득한 웃음이었다.

촤라락!

미끄러지듯이 구양강일의 신형이 남궁현성을 향해 쇄도해 들어가기 시작했다. 풍뢰의 짝인 풍뢰보다.

직후 흑풍을 담은 양 주먹을 벼락같이 휘둘렀다.

스각!

바람이 찢어지고 펑! 퍼벙! 공기가 터졌다. 흑풍의 내력이 휩쓸고 지나간 결과였다. 하지만 이번에도 사람의 몸에 맞는 소리는 들리지 않았다. 남궁현성이 이번에도 뒤로 빠져 피한 것이다.

동시에 처음과 똑같이 흑풍을 피한 뒤 움직인다. 그리고 이번에는 구양강일도 다시 전진했다.

스각! 스가각! 흑풍이 담긴 주먹이 마구 공간을 찢어발겼다.

촤라락! 남궁현성의 검뢰도 마찬가지로 구양강일이 있는 공간에 검의 궤적을 아로새겼다.

쩡!

쩌저정!

파삭!

그그극!

튕기고 또 튕기고, 깨지고 긁어내고.

두 사람의 내력은 적을 물어뜯기 위해 거침없는 격돌을 벌였다. 누구의 우세다, 라고 단언할 상황은 아니었다.

검뢰가 뜨면 흑풍이 터트리고.

흑풍이 뜨면 검뢰가 깨트리고.

한 발의 물러섬도 없는 치열한 공방이었다. 시작부터 전력으로 부딪치는 두 사람의 공방은 절정의 무인 둘이 붙어서 그런지 어딘가 현실성이 없었다. 무린과 소전신이 벌였던 생사결과는 전혀 다른 양상을 띠고 있었다.

아니, 사실 이게 진짜 무인 간의 생사결이었다.

무린과 소전신은 무인이지만 태생은 무인이 아니었다. 전사(戰士), 그냥 싸우는 사람이라고 보는 게 옳을 것이다. 전사의 싸움에는 이기는 게 전부다. 예절? 법도? 지켜야 할 것들은 없다.

오직 승리만을 위해 싸운다.

하지만 무인의 대결에는 예와 법도가 있다. 격식도 있다. 그러니 다른 것이다. 그리고 애초에 무가의 무공과 무린이나 소전신이 익힌 무공과는 상당한 차이가 있었다. 이들의 검식에는 일정한 틀이 있다. 오랜 세월 고민과 고민으로 차근차근 다듬어진 가장 완벽한 검로가 바로 그것이다. 검로는 그 자체로 형식이다. 그리고 그 형식은 이제 강호에서 격식으로 진화

되었다.

하지만 무린이나 소전신은 그런 게 없다.

전장에서 검로를 그린다는 건 미친 짓이다. 가장 빠르고 간결하게 숨통을 끊는다. 멋 부릴 시간이 없다는 것이다.

쩡!

쩌저적!

몰아치는 검뢰를 이번에는 색체가 보이지 않는 풍뢰가 찢어발겼다. 주먹에 담긴 바람의 힘이 검의 벼락을 찢어내고 휘몰아치기 시작했다.

파르르!

구양강일의 무복 자락이 연신 펄럭였다. 손을 떠난 풍뢰가 남궁현성의 면전으로 쇄도했고. 다시 남궁현성의 검이 벼락처럼 그어졌다.

촤악!

고속의 쾌검.

남궁가 유일의 쾌검식인 고혼일검(孤魂一劍)이다. 일검의 이름이 들어가 있는 것처럼 오직 빠르게 뿌리는 방법이 전부인 검식이다. 그래서 고혼일검은 남궁세가의 모든 무인이 익힌다. 중검을 펼치는 철검대도 고혼일검은 반드시 익혔다. 그렇다고 입문공부(入門工夫)는 아니다. 오히려 수준급이 이르지 못한다면 구경도 못 하는 게 고혼일검이다.

남궁세가가 자랑하는 절학이란 말이다.

그런 고혼일검이 남궁현성의 손에서 펼쳐지자 이건 그냥 단순한 쾌검이 아니게 되었다. 빛살보다 빠른 고속 검격이다.

삭!

사악!

순식간에 두 번을 그어냈다.

눈으로는 결코 쫓지 못할 고속 검격에 구양강일은 이번에는 감히 맞받아치지 못하고 상체만 비틀어 검격을 피해냈다.

마치 낭창 흔들리는 버들가지 같았다.

그렇게 고혼일검을 털어 낸 구양강일이 다시금 남궁현성의 품으로 쇄도했다. 남궁현성은 이번엔 빠졌다. 천리호정으로 순식간에 거리를 벌리니, 그에 구양강일이 풍뢰보의 가속으로 곧바로 따라 붙었다.

사삭.

사사삭.

쩡!

서로 후퇴, 전진하면서도 공방은 끊임없이 주고받았다. 눈은 절대 서로를 담고 떨어트리지 않았고, 손도 당연히 쉬지 않았다.

쾅!

검뢰가 터진 곳에서 폭발이 일어났다.

펑! 쩌저적!

풍뢰가 다시 남궁현성의 얼굴을 노렸다. 회오리치는 기류를 느낀 남궁현성이 좌수로 장을 떨쳐 냈다.

깨지는 풍뢰. 그리고 갇혀 있던 바람이 일시에 터져 나갔다. 남궁현성의 몸이 일순간 붕 떴다. 그에 바로 얼굴이 굳어졌고, 반대로 구양강일의 얼굴에는 미소가 깃들었다. 한 사람에게는 위기가 왔고 한 사람에게는 기회가 왔다.

"흐읍!"

숨을 들이마시고 지척까지 빠르게 들이닥친 구양강일의 주먹이 연격을 퍼붓기 시작했다. 단, 이번엔 권기의 발출이었다.

콰가가가각!

회오리처럼 몰아치는 권기에 남궁현성은 굳어 있는 얼굴 그대로 검을 들어 올렸다. 신형은 아직도 공중에 떠 있지만, 그렇다고 아무것도 안 할 수는 없는 노릇이다. 죽고 싶지 않다면 말이다.

스가가가각!

긋고 긋고 또 긋고.

순식간에 창궁무애검의 검기가 생성, 촘촘한 그물을 만들기 시작했다. 남궁현성은 그것만으로도 만족하지 못했는지 다시 왼손을 장을 연달아 쳐냈다. 천풍장력(天風掌力)이다, 바람에는 바람으로, 궤도를 바꿔 버리겠다는 심산이었다. 그 순간 구양강일의 풍뢰와 남궁현성의 검기, 장력이 부딪쳤다.

쾅! 파가가각!

일 차는 터졌고, 이 차는 연신 긁히는 기음이 울려나왔다.

파삭!

그 사이로 빠져 들어간 풍뢰의 권기가 천풍장력에 막혔다가 튕겨나갔다.

쾅!

엄한 땅에 박힌 풍뢰가 흙을 비산시켰다.

후드득!

남궁현성은 그때 이미 바닥에 착지해 있었다. 비산했다 떨어지는 흙을 그대로 맞은 남궁현성이 구양강일을 똑바로 직시하고 있었다.

"역시, 이 정도로는 안 통하나?"

쯔쯔. 그러더니 혀를 찬 구양강일이 어깨를 잡고 두둑 돌렸다. 마치 몸을 푸는 모습 같았다. 수많은 적의 시선이 자신에게 몰려 있는데도 구양강일은 여전히 당당했다. 아무런 상관이 없다는 말투와 행동.

역시 마도일가의 가주. 담이 컸다.

"이제 슬슬 제대로 하지?"

구양강일이 다시 말했다.

그에 남궁현성은 고개를 끄덕였다.

그도 찬성하는 바였다.

진심으로 상대하긴 했지만 전력을 다한 건 아니다. 둘 다 이 정도 공격은 어차피 서로에게 안 통할 것을 알고 있었다.

그러니 이제부터는 전력이다.

우르릉.

뇌성이 울렸다.

휘오오오.

바람이 몰려들었다.

비슷한 성질이나 확실히 다르다.

천뢰제왕공과 풍뢰의 운공에 생겨난 현상이었다.

이 차전의 시작이다.

*　　*　　*

"기세가 변했군."

이제 제대로 갈 모양인가?

무린은 두 사람의 기도가 변한 것을 바로 파악했다. 사실 좀 전의 대결 중에도 두 사람의 기세는 강했다.

절정의 무인이 무엇인지를 아주 제대로 보여주고 있었다. 아니, 실제로 절정보다도 높은 기세를 보여줬다.

하지만 지금은 그 차원을 뛰어넘었다. 이건 단순히 절정이라고 볼 수 없는 경지의 기세였다.

"제왕검형이다."

"음……."

답을 얻고 무린은 고개를 주억거렸다.

무린이 이 세상에서 가장 잘 아는 문파를 데라고 한다면 당연히 남궁세가를 말할 것이다. 알기 싫어도 상대하려면 알 수밖에 없었던 곳이 바로 남궁세가다. 무공의 종류, 특성은 물론 그 본질까지도 가능하다면 전부 알아뒀다.

제왕검형(帝王劍形).

남궁세가의 시작이자 끝이며, 최후의 보루라 물리는 절대검공이다. 제왕의 기세를 검형에 담는 아주 간단한 이름이지만 제왕검형이 없는 남궁세가는 아예 실속 없는 껍데기라 할 수 있다.

오직 가주 직계만 익힐 수 있는. 아니, 가주가 될 무인만 익힐 수 있는 구파가 없는 중원 최고의 검공이다.

남궁현성의 전신에서는 현재 엄청난 위압감이 뿜어지고 있었다. 왕의 기세다. 절대적인 왕의 주는 무시무시한 압박이다.

"그런데 역시 구양가주도 만만치 않군."

"……."

중천의 말에 무린은 이번에도 고개를 끄덕였다. 구양강일의 전신에서도 기세가 뿜어지는 중이었다.

그리고 그 기세는 결코 남궁현성에 비해 밀리지 않았다. 서로 다른 기세다. 이는 확실하게 말할 수 있었다.

남궁현성이 제왕의 기세를 뿜어내고 있다면.

구양강일은 말 그대로 폭풍을 연상시키는 기도를 뿜어내고 있었다.

이렇게 서로 다르지만 그 크기를 가늠하라고 한다면 둘의 차이는 거의 없었다. 즉, 용호상박이란 뜻이다.

두 사람은 좀처럼 움직이지 않았다.

그 자리서 마치 누구 기세가 더 센지 내기라도 하는 것처럼 서로를 노려보고 있었다. 무린은 그에 대한 이유를 알고 있었다.

정확한 증거는 없으나 느껴지는 심증은 있었다.

'이번이 끝이다. 뒤는 없어.'

왜인지는 모르겠는데 그런 생각이 들었다. 전투 초반부터 무린은 두 사람의 전투를 보면서 알 수 없는 감각에 사로잡혔다. 뭔가 간질간질한 게 신경 쓰이는 감각이었다. 처음에는 무시했으나 이제는 무시하지 않기로 했다.

그러자 느껴졌다.

이제.

단방(單放) 싸움이다.

일격으로 승부가 결정 날 것 같은 생각이 들었고, 이건 틀리지 않을 것 같았다. 열린 상단전의 탓이다. 전에는 알 수 없던 정보를 보내주고 있었다.

'그때 작용의 연속인가?'

무린은 흑영을 만났을 때 세계가 느려지는 착각에 빠졌었다.

흑영의 손은 빨랐다. 육안은 물론 기감으로도 잡을 수 없었다. 아예 인식 자체를 벗어난 일격이었다. 그런데 그 순간에 무린의 세계는 느려졌고 정말 아슬아슬하게 발을 뺌으로써 흑영의 공격을 피할 수 있었다. 그때 흑영도 놀랐고 무린 본인도 놀랐다.

'단문영과 비슷한 능력인가보군.'

확실하다 무린은 생각했다.

무린은 탈각하면서 단문영처럼 결코 말로 설명할 수 없는 능력에 눈을 뜬 것 같았다. 지금은 마치 뜬구름을 잡는 것 같지만 확실하다 생각했다. 탈각은 무린에게 비천신기뿐만 아니라 전혀 새로운 것도 심어줬다.

'감각?'

종류는 어떤 걸까?

단문영처럼 예언에 가까운, 마치 미래를 보는 것 같은 능력은 아닌 것 같았다. 만약 단문영과 종류가 같은 능력이라면 지금 이 싸움의 승자가 누구인지 알아야 하는데 그건 느껴지지 않는다.

'감, 그래. 감이다. 단문영처럼 생명까지는 짐작할 수 없는 불확실한 감에서는 탈피했으나 그 한계가 명확히 정해져 있는.'

육감 같았다.

여러 종류의 육감 중 전투에 특화된 육감이 아닌가 생각했다. 그게 정답 같았다.

'신비롭군.'

무린의 소감이었다.

그러면서도 이상하지 않다고 생각했다. 비상식적인 일임에는 확실하지만 부정하지도 않았다. 비상식은 이제 상식의 영역으로 들어왔다. 마녀라는 존재가 그렇게 만들어 버렸다. 죽지 않는 자도 있는데, 이런 능력이 있는 게 뭐가 우스운가. 뭐가 이상한가. 전혀 이상하지 않았다.

무린은 그렇게 생각을 정리했다.

다시 전면에 집중하자 여전히 대치 중인 두 사람이 보였다.

역시 일격에 승부를 가를 생각이다. 구양강일과 남궁현성은 말을 꺼내 서로 동의하지 않았지만, 기세를 품으면서 암묵적으로 묻고 동의했다.

한 번의 공방이 이 승부를 가를 것이다.

끈적한 공기가 두 사람을 중심으로 퍼져 나와 온 사방을 감싸기 시작했다. 이제 이 정도면 일촉즉발의 분위기를 풍기고 있다는 걸 아마 모든 사람이 눈치챘을 것이다.

무린은 집중했다.

누가 먼저 움직일 것인가.

바로 이 부분에.

'구양강일의 오른발이 미세하지만 아주 천천히 전진하고 있다. 슬슬 승부를 볼 생각이야. 남궁현성은 눈치챘나?'

시선이 남궁현성에게 갔다.

남궁현성은 변함없는 눈빛, 자세, 그리고 기세였다. 무린은 남궁현성이 눈치채지 못한 것 같았다.

구양강일은 정말 구렁이 담 넘듯이 조용하게, 그리고 은밀하게 움직였다. 면전에서 말이다. 구양강일은 초근접전을 펼치는 무인이다. 남궁현성도 근접전을 펼치지만 애초에 권장 고수보다 근접전을 잘할 리가 없었다.

만약 구양강일이 그저 그런 무인이었다면 가능했을 것이다. 초근접전으로 잡는 것도 말이다. 하지만 구양강일은 마도 일가의 가주다. 오직 힘으로 그 권좌를 차지한 무인. 결코 호락호락하지 않을 것이다.

'일 척.'

많아도 일 척 반.

그 정도만 구양강일이 전진하면 무린은 두 사람의 마지막 공방이 터질 거라는 생각이 들었다. 좀 전 전투로 보았던 구양강일의 속도는 딱 그 정도 안에서 최고의 능력을 발휘한다. 당연한 말이지만 먼저 움직인 사람이 빠르다.

둘의 모든 능력이 같다면, 당연히 선공이 빠를 것이고 조금이라도 반응은 늦은 후공이 느릴 것이다.

이 차이는 절대저인 것은 아니나, 차이가 거의 없는 자들끼리의 전투라면 아주 지대한 영향을 발휘할 것이다.

'반 척.'

구양강의 자세는 미동이 없었다.

아주 조금도.

아마, 여기서 지금 구양강일이 움직이고 있다는 걸 파악한 사람은 정말 몇 안 될 것이다. 자신을 포함한 서넛 정도?

그만큼 구양강일의 전진은 지독하게 은밀했다. 그리고 그만큼 은밀히 전진하는 탓에 늦기도 엄청 느렸다.

촌각을 쪼개고 쪼개서 이동하는 느낌. 그러나 확실히 전진하고 있었다. 그러다 이내 무린의 시야에 딱 선까지 이동하는 게 보였다.

'한 척. 움직인다.'

후화악!

바람이 몰아쳤다.

이건 폭풍이다.

*　　*　　*

한계까지 끌어 모은 바람이 일시에 해방되자 무시무시한 회오리가 생성됐다.

그냥 눈속임이 아닌, 느낌이 아닌 실제 회오리가 생겨나고 무서운 기세를 세를 확장했다. 그 안에 녹아든 구양강일이다.

파가가가각!

그렇게 모이던 회오리가 다시 터졌다. 순식간에 풍압을 온 사방으로 쏘았다.

파사사사삭!

휘몰아치는 바람에 주변을 포위한 무인들의 눈살이 찌푸려지는 찰나, 구양강일이 움직였다. 최고의 간격. 구양강일이 바랐던 간격이다.

쉭.

소리는 없었다.

그림자처럼, 유령처럼 바람에 녹아든 구양강일의 신형이 남궁현성의 품으로 파고들었다. 그 순간이다.

우르릉……!

뇌성이 소요진을 가득 울렸다.

뇌성이 울린 직후 남궁현성이 중단으로 올렸던 검을 천지를 가를 기세로 내려쳤다. 지극히 간결한 동작.

그러나 천뢰제왕신공(天雷帝王神功)과 제왕검형(帝王劍形)에 담긴 어마어마한 검력이 검에 실려 있었다.

쩡……!

그그그극!

주먹과 검이 부딪쳤다.

최초는 내력끼리 부딪쳤다가 합일이 되지 못하니 터졌고, 다음 주먹과 검이 만나 격렬한 쇳소리를 만들어냈다.

"크으……."

"흐읍……."

신음과 호흡.

명확한 차이가 났다.

쩡!

서걱.

다시 한 번 내력이 터지며 깔끔한 절삭음이 들렸다. 검이 이긴 것이다. 지이익! 살과 피가 증발하고 구양강일이 피를 한 움큼 토했다.

"컥……."

내력 싸움이었다.

그리고 졌다.

대가는… 컸다.

미처 진정시킬 새도 없이 요동치는 내력, 전투가 시작된 후 처음으로 뒤로 물러나는 구양강일. 그런 구양강일의 앞에 어느새 남궁현성이 따라와 자리 잡고 있었다.

"끝이다."

"윽……."

쉭. 피하려고 몸을 틀어보지만 이미 내부가 진탕된 탓에 육체가 제대로 말을 듣지를 않았다.

푹. 너무나 쉽게 남궁현성의 검이 구양강일의 심장을 파고들었다. 정말 너무나 간단했다. 격렬했던 초반의 공방이 허무할 정도였다.

푹. 다시 검이 빠져나왔다.

"……."

구양강일이 비칠비칠 뒤로 몇 걸음 물러났다. 반사적인 행동이었다. 자신을 죽인 자에게서 멀어지려는 본능이 행한 반사적 행동. 그렇게 물러나던 구양강일은 몇 걸음 떼지도 못하고 툭, 무너져 내렸다.

무릎부터 풀썩 꺾였고 고개가 덜컹거렸다.

"흐으……."

힘없이 벌어진 입술에서 바람 빠지는 신음이 흘러나왔다.

이 생애 마지막이 될 신음이고 유언이었다.

저벅, 저벅저벅.

남궁현성이 한보씩 걸어 그런 구양강일의 앞으로 다시 다가왔다.

"남길 말은 없나?"

"나, 나믄 노드르……."

"미안하군. 그건 불가하다."

"크으……."

희죽.

구양강일은 그 말에 마지막으로 웃었다.

서걱.

그리고 목은 떨어졌다.

"……."

풀썩.

구양강일도 쓰러졌다.

깔끔하게 끝을 내준 것, 나름의 배려라고 볼 수 있었다. 그렇게 끝을 낸 남궁현성이 고개를 들어 하늘을 올려다봤다. 아직, 아직 어둠이다. 그러나 소요진을 몰아치던 눈구름이 물러가는지, 저 끝으로 해가 보인다.

여명이다.

남궁현성은 더 이상 감상에 젖지 않았다. 검을 털어내고 걸음을 본진으로 옮기는 남궁현성. 전쟁의 종지부를 찍을 말을 입에 담았다.

"정리해라."

네!

중천, 창천, 철검의 검수들이 대답하고, 남은 잔당을 향해 다가갔다. 반항이 이루어졌지만… 변수는 없었다.

모두 몸을 소요진에 눕혔다.

이제 끝난 것이다.

소요대회전이.

승자는 정도였다.

*　　*　　*

진형으로 돌아온 무린은 말없이 막사로 들어갔다. 그런 무린의 뒤를 따라 조장들과 기다렸던 이들이 따라 들어갔다.

털썩.

중앙에 앉은 무린은 곧바로 눈을 감았다. 그리고 한동안 입을 열지 않았다. 무린이 입을 열지 않으니 비천대도 입을 열지 않았다. 무혜도, 무월도, 려도, 단문영도 마찬가지였다. 이들이 입을 못 열고 있으니 이옥상이나 정심은 말할 것도 없었다.

한참 만에 입을 여는 무린.

"하나가 끝났는데 속이 시원하지가 않구나."

무린이 침묵한 이유였다.

소요대회전은 끝났다.

남궁현성이 구양강일의 목을 침으로써 완전히 끝났다. 적의 증원이 이루어지기 전에 구양가를 몰살시켰다. 이제 적의 증원이 오는 걸 오히려 바라야 할 상황일 것이다.

그러니 끝난 것이다. 적어도 이곳은.

"끝나지 않아 그렇겠지요."

무혜의 대답이 들려왔다.

그에 무린은 고개를 끄덕였다. 그래, 엄밀히 따지자면 끝나지 않았다. 무혜의 말처럼 아직도 해결해야 할 부분이 남아 있었다.

암마군과 천리안 바타르다.

이 둘의 목은 반드시 걷어야 한다.

"그래, 끝나지 않았구나. 길구나 길어. 하루도 길고 은원도 길고. 전부다 길어."

"공감합니다."

하루가 너무나 길다.

"아, 그 많은 일이 있었는데 이제 겨우 하루가 지났다는 거야? 와 정말… 한 달은 지난 기분인데?"

"공감이야. 킬킬!"

제종의 말에 갈충이 받았다.

그들도 무린의 말에 정말 공감했다.

우득! 우드득!

마예가 목을 비틀면서 한숨을 쉬었다. 강철 같은 체력을 지녔던 그도 지친 것이다. 다른 조장들은 말할 것도 없었다.

얼굴에 피로가 아주 그냥 덕지덕지 붙어 있었다. 눈 밑의 음영이 너무나 짙어서 수척해 보이기까지 했다. 비천대가 말이다. 그것도 비천대의 조장들도 이 정도다. 하지만 그 누구보다 많은 일이 있던 건 단연코 무린이다.

대체 몇 개의 일이 있었는지… 생각하는 것조차 머리가 아플 정도다.

"하지만 이렇게 끝나니 마음은 후련합니다. 하하."

장팔이 너털웃음을 터트리며 말했다.

무린은 그 말에 고개를 주억거렸다.

아직 전부 끝난 건 아니라고 했다. 하지만 지금 당장 소요대회전이 끝이 났다는 사실 하나로도 상당히 후련한 기분이 들었다.

탈각을 이룬 무린의 정신도 지쳤다.

"고생했다."

무린은 그렇게 말하고 입가에 미소를 그렸다. 정말 오랜만에 기분 좋아 웃는 미소였다.

잘 따라왔다. 자신도 힘들었다. 아마 이들은 더 힘들었을 것이다. 계속해서 몸을 움직였고 한계에 한계까지 체력과 정신력을 끌어 썼을 것이다.

실제로 지금 비천대는 거의 모든 힘을 썼다. 못해도 며칠은 쉬어야 체력이 회복될 것이다. 아주 잘 먹고 아주 잘 쉬어야 할 것이다.

"제가 힘 좀 써볼게요."

그 말에 모두의 시선이 목소리의 주인공에게 몰렸다.

정심이었다.

"그렇게 해주시면 감사할 따름입니다."

"뭘요. 이걸 위해 제가 하산한 건데요. 너무 그렇게 감사 안 해도 돼요. 제 일이니까요."

"……."

그 대답에 무린은 말없이 고개만 다시 한 번 숙였다. 그리고 아, 하는 생각이 들었다. 놓쳤던 이들이 생각난 것이다.

"혜야, 위석호 남매는?"

"전투가 끝난 것 같다며 바로 떠났어요."

"그래."

그럴 줄 알았다.

안 보이는 순간 어쩐지 떠난 것 같은 예감이 들었기 때문이다. 무린은 손뼉을 짝짝 쳤다.

"일단 쉬는 게 좋겠다. 휴식은 이곳에서 한다. 스승님이 오고 계시니 만나고 이동하는 걸로 하지. 번은 최소로 서고 전부 푹 쉬게 해라."

"네, 알겠습니다."

장팔이 먼저 꾸벅 인사하고 일어났다.

그리고 곧바로 나가는 장팔. 관평의 빈자리를 메우려 열심히 노력하고 있었다. 처음에는 걱정도 됐으나 이제는 점점 익숙해져 가는 것 같았다. 걱정 안 해도 될 것 같았다. 비천대 조장들이 하나둘씩 일어나 자리를 떴다.

정심과 이옥상도 자리를 떴다. 정심이 일어났으니 무월도 같이 나갔다. 하나라도 배워야 하는 입장이니. 그걸 보는 무린은 대견스러웠다.

"고생했다."

"아닙니다."

"너도 좀 쉬거라. 할 얘기는 쉬고 하자꾸나."

"예. 그럼……."

무혜는 조용히 자리에서 일어나 나갔다. 무혜까지 나가자 려와 단문영도 일어나 밖으로 나갔다. 무린을 혼자 쉬게 해주려는 배려였다.

혼자 남은 무린.

"후우……."

폐부 깊숙한 곳에서부터 나온 한숨이었다. 그래서 정말 후련한 한숨이었다. 무린은 자리에서 일어났다.

막사의 휘장을 걷으니 좀 전과는 다른 소요진의 환경이 무린을 반겼다. 저 멀리, 지평선의 끝으로 여명이 밝아오고 있었다. 마치 새로운 시작을 알리는 의미심장함에 무린은 웃었다. 웃을 수밖에 없었다.

이번 만큼은 정말 기분 좋은 미소였다.

뭔가 하나가 정말 시원하게… 끝나서 나오는 후련한 미소.

무린은 한참을 서 있었다.

정말 한참을.

여명의 빛은 점점 지평선을 타고 영역을 확장했고 이윽고 무린에게까지 도달했다. 환한 빛이었다.

승자를 축복하는 빛에, 무린은 스스로에게 고생했다는 한마디를 남겼다.

『귀환병사』 18권에 계속…

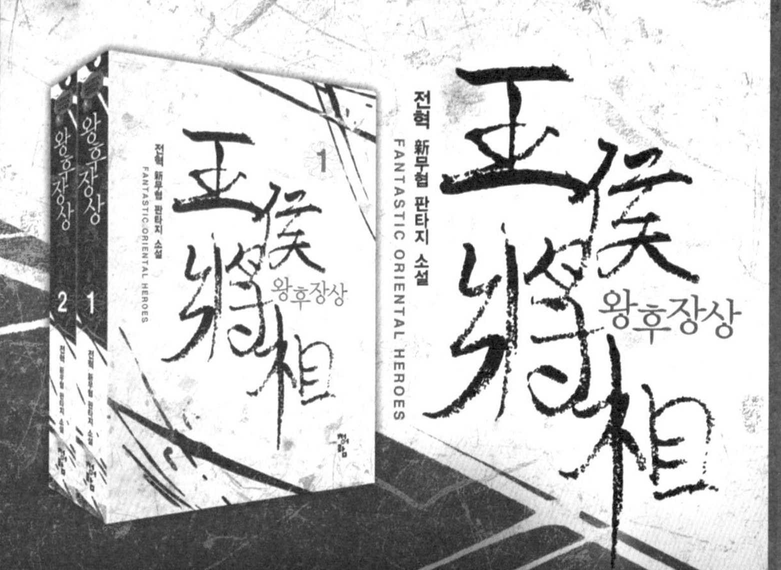

FANTASY FRONTIER SPIRIT

김재한 판타지 장편 소설

「폭염의 용제」, 「성운을 먹는 자」의 작가 김재한!
또다시 새로운 신화를 완성하다!

『용마검전』

사악한 용마족의 왕 아테인을 쓰러뜨리고
용마전쟁을 끝낸 용사 아젤!

그러나 그 대가로 받은 것은 죽음에 이르는 저주.
아젤은 저주를 풀기 위해 기나긴 잠에 빠져든다.

그로부터 220년 후…….

긴 잠에서 깨어난 아젤이 본 것은
인간과 용마족이 더불어 살아가는 새로운 세상이었다.

Book Publishing CHUNGEORAM